AF467885

# LOUIS QUEVAUXVILLERS

A

## SES CONCITOYENS.

> Nul ne peut dire avec certitude, je garderai jusqu'à la fin de ma carrière, la réputation d'un honnête homme.

Avant de renoncer à ma ville natale, avant de dire un adieu peut-être éternel à mes concitoyens, j'éprouve le besoin de leur exposer les causes qui ont amené ma ruine; car ayant occupé à Tournay pendant nombre d'années un des premiers rangs dans la magistrature et dans le commerce, il faut que tout le monde sache à quoi s'en tenir sur mon compte et qu'il juge si j'ai mérité mon sort.

Si cette explication est de convenance pour un négociant qui a joui d'un crédit immense, elle est d'un impérieux devoir pour un magistrat qui, à toutes les époques de sa vie publique, a obtenu les suffrages de ses concitoyens.

1842 1

Une autre raison m'impose encore l'obligation de me justifier : chef de deux familles d'orphelins qui m'ont été confiés dès le berceau et que j'ai élevés dans des sentimens d'honneur, je leur dois de me réhabiliter dans l'opinion publique, afin qu'ils sachent au moins qu'ils n'ont pas à rougir du nom qu'ils portent.

J'écrirai sans haine et sans passion, j'exposerai les faits avec simplicité et le lecteur jugera.

Mais, avant d'entrer en matière, avant de retracer le tableau des malheurs et des angoisses que j'ai eus à supporter depuis trois ans, qu'il me soit permis de dire quelques mots sur mes antécédens, ils serviront de guide et de lumière pour faire voir le reste sous son véritable jour.

# PREMIÈRE PARTIE.

## CHAPITRE PREMIER.

Tout le monde sait à Tournay que j'ai passé les dix premières années de ma vie à parcourir une partie de l'Europe pour chercher dans ses différens états le placement des riches produits de nos manufactures de luxe.

Je commençai mes voyages vers la fin de l'empire français, en 1812. L'époque était brillante; mais bientôt le colosse s'écroula, entraînant dans sa chute tous les royaumes qu'il avait créés, et l'Europe entière fut bouleversée du choc. Le moment n'était certes pas favorable aux affaires de l'espèce de celles que je traitais; cependant j'ai eu des succès, et quelques-uns de mes commettans, qui existent encore à Tournay, sont là pour attester que je les ai représentés partout avec zèle, honneur et probité.

Plus tard, et lorsque la révolution de la Grèce vint mettre obstacle au voyage d'Orient que j'allais entreprendre, MM. Piat, Lefebvre et fils me cédèrent momentanément à la maison Bellangé et Vayson de Paris, qui tenait le magasin le plus considérable des produits de leur manufacture.

Mon séjour dans cette maison eut pour résultat de me faire entrer en 1822 comme intéressé pour 1/8 dans la manufacture royale de tapis de pied du garde-meuble de la couronne.

Mon engagement, qui était fait pour trois ans, portait en substance que, dans aucun cas, ma part à prendre dans les bénéfices ne pourrait être moindre de 6,000 fr. l'an, indépendamment de l'intérêt de mes capitaux à 6 p. 100, du logement et du remboursement intégral de tous mes frais de déplacement et de voyage.

Il était en outre stipulé, qu'après le terme des trois années d'engagement, l'établissement m'appartiendrait en totalité, moyennant certaines conditions d'argent, très faciles à remplir. Le sacre de Charles X à Reims avait vu la fin de mon engagement, et j'allais reprendre, sans contestation de la part du titulaire, cet établissement qui m'appartenait de droit, lorsque ma belle-sœur fut atteinte de la maladie dont elle est morte.

J'étais allé passer une vacance dans ma famille, dont j'allais me séparer pour toujours; mais je vis l'état de ma belle-sœur, celui de mon frère, et prévoyant le malheur qui devait arriver, je n'hésitai pas à me sacrifier à l'affection : je courus à Paris renoncer à la plus belle position que jamais homme ait eue à mon âge (33 ans).

Je me hâtai de terminer mes affaires, et revins de suite à Tournay m'atteler au char de toutes les misères, de toutes les peines physiques et morales, que donnent de longues et cruelles maladies, chez des êtres qui nous sont chers. Deux ans après, j'étais tuteur de quatre orphelins, dont l'aîné avait sept ans et dont le plus jeune était encore à la mamelle.

Ce n'est pas tout; en 1830, mon beau-frère qui était pharmacien, mourut, laissant ma sœur avec trois enfans en bas-âge et un état qu'elle ne pouvait suivre. Je pris chez moi ma sœur et sa jeune famille, et les y retins jusqu'à ce que j'eusse trouvé à les établir convenablement.

Malgré tous ces embarras, tous ces sacrifices, je faisais en denrées coloniales d'importantes et fructueuses affaires, et cela avec mes propres capitaux : mes livres en font foi.

Ami de l'ordre et du travail, l'on ne m'a jamais vu fréquenter les lieux de divertissemens; j'ai toujours été tout à mes nombreuses occupations, tout à ma famille, et jamais je n'ai changé de conduite.

Dans tous les temps j'ai été au service de tout le monde ; ma plume, ma bourse et mon crédit ont été cent fois employés pour obliger ceux qui se trouvaient dans la peine. Je n'ai jamais refusé de rendre un service quand je l'ai pu.

Tels sont mes antécédens comme homme privé, voyons-les comme négociant.

J'ai dit plus haut que j'avais fait beaucoup d'affaires dans les denrées coloniales; c'est par millions de francs qu'on peut les nombrer dans mes livres, et toute la ville se souvient encore du mouvement considérable que ma maison a présenté pendant douze ans. Eh bien, malgré le nombre et l'importance de mes transactions, je n'ai jamais eu aucune contestation pendant toute la durée de ma vie commerciale. Tous mes correspondans, tous mes cliens ont été mes amis; on peut en acquérir la preuve dans les nombreux volumes de ma correspondance.

Le lecteur voudra bien me pardonner de parler ainsi de moi-même; il verra plus bas combien j'ai été maltraité. Il est nécessaire en pareil cas de connaître les antécédens de la victime.

Je n'ai jamais eu un seul protêt, ni comme négociant, ni comme banquier, et si l'on m'en a fait un le jour de ma chute, ce fut encore pour un acte d'obligeance et non pour mes affaires. J'avais donné ma signature pour appuyer le crédit d'une personne qui se trouvait gênée; elle ne put payer en temps utile, et l'on fit retraite sur moi, quand je n'avais plus de quoi payer cent francs.

Enfin lors de l'affreuse tourmente que j'ai eue à essuyer pendant deux ans, je n'ai harcelé personne, j'ai donné du temps; j'ai fait plus, j'ai aidé de braves gens, malgré mes besoins et mes embarras sans nombre. Voilà ma vie commerciale.

Voyons maintenant ma conduite comme magistrat et comme homme public.

Depuis 1827 jusqu'à ma chute, arrivée en octobre 1840, j'ai rempli les emplois les plus honorables, mais aussi les plus onéreux de la cité, en ce sens qu'ils ont tous été gratuits.

J'ai été pendant treize ans successivement ou simultanément :

Maître des pauvres,

Membre de la commission et administrateur des écoles gratuites,

Membre de la chambre de commerce,

Capitaine de la garde civique,

Juge et président du tribunal de commerce,

Enfin conseiller à l'administration municipale.

Dans tous ces emplois, j'ai rempli mon devoir avec zèle et intégrité.

Voilà ma vie de cinquante ans présentée sous toutes ses faces; j'ai la conviction qu'on n'y trouvera pas une action qui soit contraire aux lois de la délicatesse; et, je le répète, si j'écris si longuement sur moi-même, c'est avec répugnance, c'est contraint par la nécessité de me défendre, c'est pour mettre le lecteur à même d'apprécier, de juger si celui qui a vécu cinquante ans en honnête homme, peut être réputé avoir tout-à-coup répudié les sentimens d'honneur auxquels il n'avait pas dérogé un seul instant jusque-là.

## CHAPITRE II.

J'ai dit au chapitre précédent que j'avais fait le commerce de denrées coloniales : voici les motifs qui m'ont déterminé à le quitter.

La séparation de la Belgique d'avec la Hollande avait apporté un changement notable dans notre système financier, surtout sous le rapport des relations commerciales. Le haut commerce de denrées coloniales n'en ressentit pas l'effet immédiat, parce que les apparences de guerre imprimaient aux affaires une activité peu ordinaire : la spéculation vidait les magasins, tout le monde s'en mêlait; mais lorsque la politique eut tourné à la paix, lorsque l'on vit que le siége de la citadelle d'Anvers n'avait amené aucun conflit, alors tout changea de face, un calme plat succéda au mouvement.

D'un autre côté, le gouvernement ne savait quel parti prendre au sujet de l'exportation de nos sucres par les frontières de terre vers la France, où ils sont prohibés et où l'on ne peut les introduire que par infiltration.

Le roi Guillaume, qui certes se connaissait très bien en finances, avait accordé pour ces frontières, comme pour celles situées vers le nord, par où le sucre sort librement, la restitution du droit, et cela dans le but de mettre nos raffineries en état de repousser la force par la force, parce que les raffineurs français et anglais jouissaient de cette faveur.

Notre gouvernement ne comprit peut-être pas bien toute l'importance de ce système, ou s'il le comprit, il hésita à le continuer, dans la crainte que la fraude qui pouvait s'ensuivre ne nuisît au trésor, et dans le but avoué et très louable sans doute de s'opposer à la démoralisation des frontières : malgré les réclamations multipliées des raffineurs, il reculait devant un parti décisif; j'avais fait partie de nombreuses députations auprès du régent du royaume, ainsi qu'auprès des différens ministres des finances qui se sont rapidement succédés dans les premières années de notre constitution politique. Ces messieurs, vaincus d'une part par nos calculs et nos raisons, et refroidis de l'autre par des abus qui se commettaient dans certaines localités, accordaient et retiraient tour-à-tour, et à de courts intervalles, l'ouverture des bureaux de sortie : ils exposaient ainsi le commerce loyal à des pertes extrêmement sensibles, parce que travaillant à l'ombre d'une ordonnance protectrice, nous passions des marchés, nous faisions des approvisionnemens considérables comme l'étaient nos besoins, puis tout-à-coup arrivait une ordonnance contraire qui nous forçait, pour écouler nos sucres et pour solder nos prises en charge, à les jeter sur le chemin mitoyen, exposés à toutes les intempéries des saisons, en attendant leur écoulement en France, ou à les vendre à cette dernière condition aux boutiquiers de l'extrême frontière, qui pour la plupart n'offraient qu'une solvabilité fort équivoque.

Ce déplorable système de tergiversation a porté

un très grand préjudice au commerce de Tournay sans enrichir toutefois les pauvres marchands de la ligne, parce que ces derniers, recevant des masses à crédit, les donnaient de même aux faudeurs français; ceux-ci étaient pris ou feignaient de l'être pour ne pas payer, de sorte qu'en définitive la perte retombait toujours sur eux et sur nous.

Cet état de choses ne pouvait plus me convenir, et d'ailleurs une nouvelle ère de prospérité s'ouvrait partout à la spéculation; d'abord la mort de Ferdinand VII donnait aux fonds publics de l'Espagne une valeur considérable et progressive qui laissait de très beaux bénéfices à ceux qui avaient compris la situation; cette spéculation qui par la suite a été si funeste à tant de familles, a donné de très grands avantages jusqu'à la chute du ministère Grey.

D'un autre côté, la Belgique ayant perdu la ressource des colonies, cherchait et trouvait dans son intérieur de nombreux moyens de prospérité; les coffres regorgeaient de capitaux sans emploi; on ouvrit des banques, on créa des sociétés anonymes pour leur en donner, le moyen était bon et moral en lui-même, parce que l'industrie stationnaire, à défaut d'argent dans beaucoup de localités, trouvait dans la coopération des actionnaires le moyen d'atteindre la perfection, et de soutenir ainsi avec avantage la concurrence à l'étranger.

Le moyen était bon, je me permets de le répéter, mais le plus scandaleux agiotage ne tarda pas à remplacer ces sages mesures d'économie politique.

Malheureux ceux qui se sont laissé prendre à ce piége séduisant, et j'en ai été une des victimes les plus à plaindre.

Bref, j'avais été nommé agent général des compagnies commerciales d'Anvers, qui dans la suite m'ont été si fatales, puisque j'y ai perdu un capital de 35 à 40,000 francs.

J'avais été nommé agent de la banque foncière à Tournay, administrateur des hauts-fourneaux du Borinage, etc., etc.

Toutes ces fonctions dont les débuts ont été si brillans, pouvant donner un élément suffisant à mon activité, je résolus de m'en occuper exclusivement, en y joignant la banque comme moyen d'utiliser ma maison, d'occuper le personnel de mon bureau, enfin comme moyen de me créer des ressources, de m'assurer un abri contre les évènemens. Je cédai donc mon commerce et cherchai une autre localité pour m'établir; j'avais d'abord le projet de me retirer à la campagne et de n'avoir en ville qu'un bureau où j'aurais fait loger un commis, mais on m'offrit l'hôtel d'Ennetières abandonné depuis six ans, et j'eus la faiblesse de me laisser séduire par le bas prix qu'on en demandait, et par les avantages qu'il paraissait offrir.

J'en fis l'acquisition par spéculation d'abord, puis les affaires allant très bien, je me déterminai à le faire restaurer pour l'habiter moi-même provisoirement, et jusqu'à ce que je trouvasse l'occasion de le revendre avec avantage.

Cette spéculation m'a coûté cher, car outre la perte matérielle que je subis quand je fus obligé de revendre (30,000 francs), elle m'a suscité une foule d'envieux qui, jaloux de me voir prospérer, se sont accrochés à moi comme des vampires, et m'ont renversé quand l'occasion a été favorable.

Tout allait bien, mes affaires marchaient à souhait, seulement il y avait un peu de froid dans les actions industrielles à cause de la dépréciation de certaines actions françaises; mais j'étais tranquille, parce que je croyais les nôtres plus morales et plus solides, ma boussole était la hauteur du cours des actions de la société générale et de la banque de Belgique. Ces actions jouissaient à l'étranger d'un crédit et d'une confiance illimités; rien n'annonçait qu'une horrible tempête allait bientôt éclater sur ma tête.

J'étais, le 15 décembre 1838, au conseil d'administration des hauts-fourneaux du Borinage, qui se tenait ce jour-là à la banque de Belgique : rien dans cet établissement, pas plus qu'ailleurs dans la ville, n'annonçait encore la catastrophe si prochaine qui devait me ruiner.

J'arrivai à Tournay le 16, et le 18 au matin j'appris par les journaux et par trois lettres de mes correspondans, que la banque de Belgique et les succursales d'Anvers et de Liège avaient suspendu leurs paiemens.

Inutile de dire quel effet produisit sur moi cette terrible nouvelle ; j'en parcourus rapidement les conséquences probables ; je sondai l'abîme et calculai aussitôt les moyens à employer pour l'éviter. J'avais, il est vrai, des capitaux énormes engagés partout, mais aussi j'avais d'immenses ressources, et, tout calcul fait, je vis que je pouvais bien subir une perte considérable sur mes actions industrielles, mais non pas être ruiné. J'avais compté sans la malveillance.

Rassuré en partie par le premier examen de ma position, je donnai des ordres à mon bureau et partis le soir même pour Bruxelles, afin d'aller juger l'évènement de plus près.

Mon voyage avait un double but, celui-là d'abord, puis celui d'aviser aux moyens de parer au malheur dont l'établissement naissant des hauts-fourneaux était menacé : le directeur m'écrivait que, se trouvant sans argent pour payer sa myriade d'ouvriers, il y avait danger qu'ils se mutinassent et ne détruisissent des travaux qui avaient coûté deux millions à la société.

A mon arrivée à Bruxelles, je m'occupai d'abord de la chose commune; je fis partie de la députation qui fut envoyée au roi pour lui exposer les besoins urgens de l'industrie, et satisfaits des secours que Sa Majesté daigna nous accorder, je m'en fus à mes affaires.

Une conférence que j'eus avec M. le directeur de la banque ayant un peu calmé mes inquiétudes au sujet des dépôts d'actions, je m'empressai de rentrer à Tournay où ma présence était nécessaire, dans un moment aussi difficile.

Les choses se passèrent fort bien d'abord, la fin de l'année ne présenta aucun embarras, les mois de janvier et février 1839, non plus; de sorte que je pensais avec quelque raison que cet évènement si terrible n'aurait pour moi d'autre conséquence qu'une grande perte sans doute, mais bien réparable, d'autant plus que la crise même offrait de grandes ressources à la spéculation.

Les choses se seraient ainsi passées, j'aurais non-seulement vaincu, mais même réparé facilement mes pertes, si la malveillance irritée de me voir résister au choc, n'avait recouru à des menées perfides pour me perdre : en voici la preuve.

J'étais allé, le 6 mars, visiter M. Zanna, directeur de la banque foncière, dont, ainsi que je l'ai dit, j'étais l'agent à Tournay. Ma visite parut l'étonner, il ne s'en défendit même pas, et m'avoua avec franchise que ma présence à la banque le surprenait d'autant plus qu'il avait reçu la veille de Tournay et d'Anvers en même temps, l'avis que j'avais suspendu mes paiemens et même déposé mon bilan; il ajouta que, malgré le peu de créance qu'il accordait à un tel bruit, il ne s'en était pas moins cru obligé, en sa qualité de directeur, d'envoyer à Tournay quelqu'un avec la mission de vérifier le fait et en même temps d'examiner ma situation vis-à-vis de la banque.

Cette nouvelle m'attéra, car je pressentais les effets de cette calomnie; cependant je ne suivis pas immédiatement le conseil que me donnait M. le directeur de m'en retourner chez moi; exempt de toute crainte sur les résultats de la visite de l'inspecteur à laquelle mon bureau n'était certes point préparé, je voulus attendre son retour, afin d'obtenir à Bruxelles même une réparation immédiate et complète. Je la reçus le lendemain. M. le directeur eut même la délicate attention de se transporter de suite à la société générale, pour prévenir M. le gouverneur de la fausseté des bruits qui avaient circulé sur mon compte.

La preuve du fait que j'avance ici se trouve dans la lettre que j'ai sollicitée de M. Zanna, quand, appelé à Tournay au mois d'août dernier, j'ai eu besoin de ramasser mes moyens de défense contre le rapport de M. Leconte, l'un des syndics à ma faillite, rapport qui a été détruit de fond en comble ainsi qu'on le verra par la suite.

Voici la copie exacte de la lettre de M. Zanna.

« Bruxelles, 31 août 1841.

« Monsieur Louis Quevauxvillers, à Tournay,

« Je vous prierai de vouloir bien m'excuser de ce que je n'ai pas répondu immédiatement à la lettre que vous m'avez fait remettre par M. Tournay. Je comprends que vous avez dû attribuer ce retard de quelques jours à un oubli, à une indifférence peu obligeante et que même vous avez pu l'interpréter comme un manque d'égards; la vérité est que j'ai hésité à me constituer en quelque sorte, et bien qu'à votre propre demande, le certificateur quasi-officiel de la réalité des bruits fâcheux qui ont circulé sur le compte de votre maison, il y a environ deux ans et demi. Mon hésitation a eu un double motif, une répugnance bien naturelle à attester de simples propos, dont la preuve est toujours susceptible d'être récusée et l'opinion que ma déclaration ne peut, dans aucun cas, vous être de la moindre utilité.

« Quoi qu'il en soit, monsieur, je me suis déterminé à vous transmettre l'extrait qui suit du procès-verbal de l'administration de la banque.

« 5 mars 1839, présens messieurs.....

« Le directeur donne communication des bruits qui lui sont parvenus par différentes voies sur la suspension de paiemens déclarée par M. Quevauxvillers, agent de la banque foncière, à Tournay, et de la mesure prise d'envoyer sur les lieux M....., pour vérifier les faits et avec les instructions et pouvoirs nécessaires de retirer, s'il était convenable, les obligations et les annuités qui se trouvent chez cet agent.

« J'ajouterai que les choses s'étant présentées de la manière la plus honorable pour vous, monsieur, ce retrait des valeurs n'a point été jugé convenable à cette époque.

« Veuillez agréer l'expression de ma considération et de l'estime que vos malheurs n'ont pas diminuée.

« *Signé*, ZANNA. »

Je prie le lecteur de faire attention à la date de ce procès-verbal (5 mars 1839), antérieur de vingt mois à ma chute; c'est un laps de temps plus que suffisant pour ruiner la maison la plus solide qui subirait, dans des circonstances analogues, l'épreuve à laquelle j'ai été soumis et dont je vais rendre compte.

## CHAPITRE III.

En décembre 1840, un célèbre orateur faisait entendre ces paroles du haut de la tribune française :

« On fait du mal à un honnête homme, on propage sur son compte des insinuations perfides, « mais on se rassure, car après tout ce n'est qu'un « propos et on n'en répond pas. »

Bien des gens à Tournay ont raisonné de la même manière, et bien sûrement sans aucune intention de me nuire, c'était la nouvelle du jour, et on la colportait sans examen, abandonnant à son auteur toute la responsabilité du propos.

La calomnie n'est qu'un propos, mais ce propos ruine et tue; il fait plus, il déshonore un nom, une famille, j'en fournis le triste exemple.

Si je n'avais eu à combattre que l'évènement déjà si grave de la suspension de paiemens d'une banque à laquelle j'avais rattaché toutes mes opérations, si je n'avais eu à surmonter que les obstacles de la crise financière qui en a été la conséquence nécessaire, j'aurais vaincu, je l'ai dit, parce que j'avais des ressources immenses en moi-même et dans la confiance publique, mais j'ai eu à lutter pendant près de deux ans contre une malveillance infatigable; je le répète, la calomnie ruine et tue, et il m'est cruel de penser qu'une lettre contenant une si insigne fausseté soit émanée d'un concitoyen qui avait évidemment pour but de me discréditer.

Je reviens à mon sujet. Je n'avais pas voulu m'en retourner immédiatement chez moi par les motifs que j'ai donnés dans le chapitre précédent, mais je n'avais pas perdu mon temps pour cela, je m'étais présenté à la bourse de Bruxelles, j'avais été à Anvers, et partout j'avais trouvé l'étonnement et le doute sur toutes les figures; il ne m'avait pas été difficile de détruire les bruits qui avaient circulé sur ma maison; le calme de mes réponses avait rassuré mes amis, mais le coup n'en était pas moins porté, et l'on sait qu'en fait de réputation financière surtout, on ne parvient pas facilement à rétablir la confiance, la blessure une fois faite se ferme bien momentanément; mais la cicatrice reste et elle se rouvre au moindre choc.

Ayant, ainsi que je l'ai dit plus haut, obtenu une satisfaction entière à Bruxelles, je revins à Tournay où rien encore n'annonçait un orage qui pourtant ne tarda pas à éclater; des bruits sourds commencèrent à circuler, quelques personnes se présentèrent à la caisse pour demander le remboursement immédiat de différentes sommes dont quelques-unes n'étaient même pas exigibles; je les payai sur-le-champ, dans l'espoir de couper le mal à la racine, mais cette précaution fût inutile, les demandes de remboursement arrivèrent en masse. J'avais accepté par complaisance pendant la paix de nombreux capitaux, sans avoir stipulé les conditions ordinaires de remboursement, et l'on me les redemandait subitement sans aucune raison plausible; tous les jours le mal augmentait et les demandes d'argent se succédaient si rapidement que j'en étais effrayé. J'avais beau dire à ceux qui se présentaient que le moment était peu propre au remboursement des capitaux, qu'il y avait même déloyauté à me forcer ainsi à des sacrifices quand je leur offrais par ma moralité et des propriétés considérables toutes les garanties désirables, je parlais à des sourds, on n'en continua pas moins à m'accabler, au point que je n'osais plus rentrer dans mon bureau quand une affaire m'en avait éloigné quelque temps.

Un état de choses aussi pénible me fit sérieusement réfléchir à ma position, je consultai quelques-uns de mes amis sur le parti à prendre, je demandai s'il n'y aurait pas opportunité à réclamer un sursis, tous m'engagèrent à combattre avec courage et à faire des sacrifices plutôt que de compromettre une position que j'avais prise récemment et à grands frais.

Il faut se trouver dans une situation pareille pour savoir ce qu'elle a d'affreux; rien ne peut dépeindre les angoisses qu'un homme de cœur éprouve en pareil cas, les personnes qui me connaissent croiront sans peine qu'il ne me fut pas donné de dormir une heure paisiblement pendant les deux années qui ont précédé ma chute; j'ai passé moitié des nuits en voyage ou au travail, et le reste dans une insomnie presque continuelle.

Le conseil de mes amis était grave, il demandait de sérieuses réflexions, car il pouvait compromettre toute ma fortune. Cependant, ayant de nouveau calculé mes ressources et mes besoins, je pris le parti d'aller en avant : marchons, me suis-je dit, faisons tous les sacrifices nécessaires pour arriver au but avec honneur, mes concitoyens verrons du moins que je méritais leur confiance.

La tâche était rude, il me fallait trouver chaque jour des capitaux considérables, et cela au milieu de la crise la plus épouvantable que la Belgique ait jamais eue à supporter. Les personnes au courant des affaires sauront apprécier combien de pareilles exigences sont désespérantes quand on a ses fonds employés partout et que l'on se trouve dans une ville aussi nulle en ressources que Tournay, à une époque où les effets de commerce non créés sur timbre sont de nulle valeur, et quand on est par-dessus tout cela devenu l'objet de la défiance générale; on comprendra sans peine que, pour réunir des capitaux en temps utile, il faut non-seulement avoir des ressources considérables et réelles, mais encore déployer une activité et des moyens ruineux en même temps pour sa santé et pour sa bourse. Eh bien! je n'ai épargné ni l'un ni l'autre: fortune, repos et santé, j'ai tout prodigué dans l'espoir d'arriver à temps, et je me suis trompé, parce que mes dernières ressources m'ont manqué quand le besoin s'en est fait sentir.

Mon malheur ne se borna pas au remboursement des capitaux, l'officieux concitoyen dont j'ignore encore le nom et que je ne désire nullement connaître, ne s'est pas borné à l'avis charitable qu'il avait donné à la banque foncière, il a étendu au loin le cercle de sa bienveillance; peut-être seulement les premiers bruits gagnant de proche en proche, sont-ils arrivés successivement, et sans sa coopération, dans toutes les villes où j'avais des correspondans. Je m'en aperçus bientôt, car de tous côtés l'on me demanda le nivellement de nos colonnes, où, sous un prétexte quelconque, l'on disposa sur moi à des termes très rapprochés, des soldes dont je pouvais être débiteur; malgré cela j'ai fait face à tout, et en temps utile, sans demander grâce d'une heure.

Quelques-uns de mes correspondans, et c'est le petit nombre, ont continué leurs relations avec moi sur l'ancien pied, d'autres m'ont encore remis des valeurs, mais en en exigeant la couverture immédiate, ce qui est gênant et fort onéreux. Je crois utile de faire remarquer en passant, que j'étais seul au monde et sans appui au milieu d'un pareil orage; je devais même soutenir plusieurs de mes cliens, ce que j'ai fait jusqu'au bout de ma carrière commerciale. J'ai eu, dans le moment le plus difficile, quelques amis nobles et généreux qui sont venus à mon aide de tous leurs moyens, et ils m'auraient sauvé, si la chose avait été en leur pouvoir; je les prie d'agréer ici l'expression de la gratitude éternelle que j'aurai pour eux, et je les nommerais, si je ne ménageais leur modestie ; il en est un, entre autres, que malgré moi j'ai laissé en souffrance, mais il peut être assuré que je n'aurai plus dans la vie un instant de bonheur avant qu'il soit intégralement satisfait.

Aux malheurs déjà si grands que je viens de signaler, vinrent s'en joindre d'autres plus accablans encore : les compagnies commerciales d'Anvers, marchant de mal en pis, furent déclarées en liquidation; c'était non-seulement une perte totale de tous les capitaux engagés dans les assurances, mais tous les jours c'étaient de nouveaux appels de fonds pour couvrir les pertes, et elles étaient considérables.

En même temps, la banque de Belgique, forcée elle-même par sa position, exigeait l'intérêt des capitaux prélevés sur dépôt d'actions; en même temps, elle demandait le retrait contre écus des valeurs déposées; en même temps, des actions créées sous son patronage, et bon nombre de celles émises sous la protection de la société générale cessèrent tout-à-fait de payer les intérêts échus ; en même temps, l'on demandait l'arrosement de diverses actions que je possédais, parce que les compagnies ne pouvaient marcher sans argent ; en même temps, il me fallait courir à des distances très éloignées qui demandaient plusieurs jours de voyage ; il fallait être partout, faire face et répondre à tout, et cependant je n'ai fait faute nulle part; je me suis multiplié, j'ai marché et travaillé jour et nuit pendant vingt mois.

Ma liquidation a présenté pendant ces vingt mois un mouvement de paiemens de plusieurs millions, et cependant je n'ai pas eu un seul protêt; on conçoit dès-lors quels sacrifices me furent imposés, quelles peines morales j'eus à subir!

Tout fut inutile, la malveillance ne cessa de frapper, je tombai; et lorsque après le combat le plus acharné qu'un homme ait jamais soutenu, lorsque après avoir été blessé au cœur vingt mois auparavant, j'eus fourni honorablement une carrière jonchée d'écueils, lorsque ayant laissé aux épines de la route toute ma fortune, lorsque enfin épuisé de ressources et de fatigues j'en vins à demander un moment pour respirer, on fut pour moi sans pitié; je demandai du temps pour réparer mes pertes et payer, les personnes intéressées me l'accordèrent, et le tribunal qui me connaissait, qui aurait dû me protéger au besoin, puisque c'était dans l'intérêt de mes créanciers, le tribunal me porta le dernier coup, mais n'anticipons pas sur les évènemens.

## CHAPITRE IV.

C'est ici le lieu de donner au lecteur quelques explications sur la coopération de MM. Simon et Rasson à ma liquidation.

Ces messieurs ont été indignement calomniés : un récit simple et vrai de tout ce qui s'est passé entre nous suffira pour les justifier.

Lorsqu'en 1839, au début de la crise, j'avais tous mes capitaux engagés dans des opérations commencées et qu'il m'a fallu liquider à grosse perte ; lorsque je vis les actions industrielles, que j'avais malheureusement considérées comme des valeurs de portefeuille réalisables au jour de besoin, se changer en charges ; lorsqu'enfin je vis qu'il m'était impossible de résister à l'orage sans user d'un grand remède, je résolus d'avoir recours, soit à la vente de mes propriétés, soit à un emprunt hypothécaire.

Je donnai la préférence à ce dernier moyen, parce que j'avais l'espoir que je pourrais en peu de temps dominer la crise, et que mes fonds rentrant, je pourrais rembourser l'emprunt et garder ainsi ma position sous tous les rapports.

Je ne prévoyais pas alors que toutes les calamités viendraient m'assaillir à-la-fois; je voulus emprunter sur mes propriétés, qui étaient considérables, un capital de 150,000 francs qui, à cette époque, dépassait même les besoins prévus; je m'adressai pour cela à plusieurs notaires de Bruxelles, aux capitalistes et aux nombreuses sociétés financières, par l'entremise de mes amis; je leur fis soumettre, sans désignation de propriétaire, le plan et l'extrait des nombreux titres des propriétés que j'offrais en garantie de l'emprunt.

Tous ceux à qui l'on se présenta dans ce but acceptaient d'emblée l'opération qui leur était offerte; mais aussitôt qu'on leur disait que l'emprunteur était tuteur, on ne voulait plus rien entendre, même avec la condition promise de faire réduire l'hypothèque légale sur des propriétés indépendantes de celles offertes en garantie.

Aucun prêteur ne voulait s'exposer aux procès éventuels qui pourraient résulter de ma position relative. Ainsi il arrivait que, remplissant la charge la plus lourde et la plus onéreuse de la société, j'étais hors du droit commun, celui de pouvoir tirer parti de mes ressources dans un besoin pressant.

C'est dans cette extrémité que M. Simon, à qui j'eus recours, vint à mon aide en me procurant chez M. Rasson un prêt de 60,000 fr., à l'intérêt légal de 5 p. 100 l'an, et sans aucune condition onéreuse; confians l'un et l'autre dans la promesse que je leur faisais de rendre libres les biens que je donnais en garantie, en les faisant décharger de l'hypothèque légale de mes pupilles.

Toutes les formalités ayant été remplies à cette fin, et la délibération du conseil de famille qui autorisait la réduction de cette hypothèque légale ayant été homologuée par le tribunal, M. Simon, sur l'assurance formelle qui lui fut donnée qu'il pouvait en toute sécurité poursuivre la liquidation dont je l'avais chargé, me procura encore successivement, chez M. Rasson, 13,000, 30,000 et 3,600 fr., pour couvrir les premières échéances, en attendant la réalisation de mes biens en espèces, au moyen d'une vente que finalement je l'avais autorisé à faire.

Croirait-on que ces opérations si loyales ont été imputées à crime à ces messieurs? et que, justement parce qu'elles témoignaient de leur dévoûment envers un ancien client, on a cherché à susciter des doutes sur leur moralité, tantôt en insinuant qu'ils avaient tiré de ma position des bénéfices extraordinaires et illicites, tantôt en faisant entendre que les sommes n'avaient pas été intégralement fournies. Heureusement mes livres étaient là pour répondre à tout : l'entrée et l'emploi immédiat de tous les fonds y sont constatés d'une manière irréfragable. Leur faute n'a donc été que d'être venus à mon secours dans un moment difficile : ils l'ont fait, il est vrai, en se prémunissant des précautions que la loi indiquait pour rendre régulière la garantie qui leur était offerte : c'est à cet effet que j'ai sollicité et obtenu de la justice la réduction de l'hypothèque légale de mes pupilles. MM. Simon et Rasson n'ont fait en cela que suivre les règles de la prudence et de la saine raison. Il fallait toute la malignité qu'inspire une concurrence cupide pour élever et propager des inculpations contre eux : la cupidité avait déterminé le jugement de faillite ; la cupidité incrimina tous ceux qui m'avaient aidé à l'éviter.

C'est donc pour rendre hommage à la vérité, et pour donner un éclatant démenti à toutes les insinuations contraires, que je me fais un devoir de proclamer que MM. Simon et Rasson m'ont secouru avec le plus grand désintéressement, et que, dans toutes mes relations avec eux, je n'ai rencontré que loyauté, délicatesse et entraînement généreux.

Puisse ce témoignage de gratitude, et en même temps cet acte de justice rendu à leur caractère, les dédommager de ce qu'ils ont eu à souffrir à l'occasion de mes affaires.

## CHAPITRE V.

On a lu les angoisses et les tourmens sans nombre que j'ai eus à supporter pendant deux ans, et quel a été le résultat d'une existence de cinquante années pleines de travail, d'ordre et de dévoûment.

Je dois maintenant raconter comment les choses se sont passées depuis le 23 septembre 1840, jour où j'ai convoqué mes créanciers, jusqu'à l'époque de ma mise en faillite, 27 octobre suivant, et enfin jusqu'à ce jour, pour que les honnêtes gens de tous les pays puissent asseoir un jugement impartial sur les hommes et sur les choses.

Lorsque j'eus perdu tout espoir de lutter davantage avec succès, parce que la vente de mes propriétés, qui étaient ma dernière ressource, me constituait encore en pertes énormes, je pris la résolution de convoquer mes créanciers : je le fis en effet, je leur exposai ma situation et leur offris jusqu'à meilleure fortune de leur faire la cession des biens qui me restaient, les priant, en outre, de choisir parmi eux une commission qui s'adjoindrait à moi pour opérer ma liquidation le plus économiquement possible ; cette mesure fut adoptée, et on en dressa un acte qui ne devait être obligatoire qu'autant qu'il aurait été signé de tous.

La grande majorité des créanciers l'avait fait dans les huit jours, quelques-uns seulement montraient encore de l'hésitation, dans l'espoir sans doute d'en tirer profit, mais ils auraient fini par signer, parce qu'ils auraient compris qu'il était dans leur intérêt de le faire. J'étais donc tranquille autant qu'on peut l'être en pareil cas; mais des ennemis secrets qui avaient un intérêt contraire mirent obstacle et précipitèrent ainsi ma chute.

J'étais à cette époque tellement dénué de ressources, que les derniers 500 francs que j'avais encaissés n'avaient pas suffi pour payer mes domestiques et ouvriers, force m'avait été de donner une reconnaissance à mon jardinier.

Cependant les percepteurs des contributions me pressaient vivement, me menaçaient de saisies ; réduit à cette extrémité, je pris la résolution de vendre le mobilier de ma maison de campagne, pour satisfaire à ce besoin, et abandonner ensuite le reste du produit à la caisse de la masse.

M. le greffier du tribunal de commerce vint alors me trouver, accompagné de M. Leconte, un des membres de la commission, qui avait sollicité ces fonctions dans un but que l'on connaîtra plus loin. M. le greffier sollicita la mission de faire la vente de préférence à mon notaire, il se fondait sur ce qu'il était mon ancien greffier et ma créature, puisque je lui avais fait sa position quand je présidais le tribunal. J'hésitai d'abord à me rendre à ses vœux, parce qu'une vente faite par l'entremise d'un greffier, a toujours une apparence défavorable; cependant je consentis à lui donner cet avantage, bien qu'il m'en coûtât beaucoup; je lui confiai ma procuration, mais à la condition qu'il annoncerait une vente volontaire; elle fut fixée au lundi suivant 26 octobre.

Ces préliminaires terminés, je conduisis ces messieurs dans les différentes pièces de la maison pour leur expliquer mes intentions et mes réserves, qui se bornaient à l'indispensable et à quelques souvenirs de famille.

Dans ma cave, j'autorisai la vente totale des vins qui s'y trouvaient, à l'exception de quatre cent cinquante bouteilles de Bourgogne que je désignai, parce qu'elles n'étaient pas ma propriété; ce vin appartenait à M. Viénot de Premeaux, qui devait le reprendre à son futur voyage.

La réserve que je fis à cet égard, pas plus que les autres, ne furent stipulées dans ma procuration, parce que j'avais foi en la parole de ces messieurs.

Je ne parlerai pas de la vente, toute la ville, toute la commune de Kain en ont eu connaissance; je dirai seulement qu'aucune de mes réserves n'a été respectée, que le vin de M. Viénot disparut sans avoir été vendu; que M. Leconte, qui présidait le mardi matin à la distribution des lots vendus la veille, a donné du vin à boire à tous ceux qui en voulaient; il est résulté de ce désordre des scènes dégoûtantes, on relevait des hommes ivres-morts dans tous les coins; un cocher entre autres, celui de la tante de M. Leconte, fut retiré de dessous les roues d'un chariot attelé de deux chevaux; mais laissons là ce tableau hideux, qu'en argot de faillite on désigne ordinairement par ces mots : *agir dans l'intérêt de la masse*.

Malgré ce qui s'était passé dans la journée, je retournai le soir coucher à la campagne; ma chambre avait été respectée, par la raison que je l'avais fermée avec soin.

Ayant appris tout ce qui s'était fait ce jour-là et le cœur brisé, je pris la résolution de diriger moi-même la vente du mobilier de ma maison de ville, qui avait été fixée au lendemain mardi, afin d'être certain qu'on en tirerait tout le parti possible dans l'intérêt de mes créanciers; je voulais donner à mes concitoyens cette dernière preuve de force et de bon vouloir; je m'y rendis de bonne heure pour présider moi-même au classement des objets, pour mettre en ordre les livres de ma bibliothèque afin d'éviter la confusion; il faut du courage pour cela, je n'en ai jamais manqué.

Ce travail m'occupa jusqu'à onze heures et demie. Je me rendis alors chez ma sœur pour prendre quelque nourriture, mais avec la résolution bien ferme de retourner à la maison pour l'ouverture de la vente et d'y rester jusqu'à la fin.

J'étais à peine entré chez elle, qu'on vint me prévenir que j'étais constitué en faillite sur requête; on m'engagea à me soustraire à la prise de corps, pour éviter au moins cette dernière peine à ma famille.

Je ne pouvais m'expliquer cette requête dont on parlait sans m'en désigner les signataires. Je sus quelques jours après qu'elle avait été sollicitée dans l'ombre par des gens qui appelaient ma faillite de tous leurs vœux, malgré mes créanciers et leurs intérêts bien entendus, car l'on concevra sans peine que les frais d'une faillite comme la mienne sont ruineux, et que lorsqu'un homme se trouve dans la nécessité de demander du temps, et qu'il offre à ses créanciers de travailler à sa liquidation sous leurs yeux, c'est qu'il n'a rien à craindre de ses actes, c'est qu'il peut en assumer la responsabilité tout entière, c'est enfin qu'il peut justifier ses pertes; il est donc en pareil cas de l'intérêt de la masse, il est donc aussi moral d'accepter ce qu'il offre; mais malheureusement cette mesure ne fait pas le compte de tout le monde, l'on sait que chez bien des gens l'intérêt privé l'emporte sur les intérêts généraux; il en est qui travaillent au malheur d'un homme, parce qu'il doit leur en revenir ou un denier d'honoraires ou tout autre lucre de cette nature. Bien des jugemens de faillite sont dus aux exigences de ce vil intérêt; et peut-être si je n'eusse pas eu un riche mobilier à vendre par le ministère d'un greffier, une valeur considérable en immeubles à réaliser par le ministère d'un notaire, aurais-je aujourd'hui des commissaires à liquidation et non des syndics.

Quant au conseil de fuir que l'on me donnait, je le rejetai, le dernier trait de méchanceté m'avait navré de dégoût et de mépris pour toutes choses, j'avais fait abnégation complète. Je ne reculais pas à la pensée de passer quelque temps en prison, car la prison n'est pas dans les murs, elle est dans l'âme de celui qui est coupable, et ma conscience était calme; j'étais résolu de rester, et même de me constituer prisonnier, je ne pouvais d'ailleurs prendre aucun autre parti, car, pur de toute soustraction, et ayant payé jusqu'à mon dernier écu, où serais-je allé? Je n'avais en perspective que la mendicité en attendant que je trouvasse un emploi; cependant un ami des plus dévoués vint à moi, je cédai à ses instances, je m'éloignai pour quelques jours.

Je partis, emportant de toute ma fortune passée 11 francs que le hasard avait mis dans ma poche, et sans l'ami dont je viens de parler et qui pourvut à mes premiers besoins, sans la généreuse hospitalité de son frère qui me retint chez lui pendant six semaines, et qui ensuite me chargea de ses intérêts à Paris, j'aurais été réduit, dès le second jour, à mendier la vie ou à mourir de misère.

Voilà ce qu'a fait le tribunal de commerce de Tournay pour son ancien président, pour un homme qui a sacrifié les plus belles années de sa vie au service du public.

Si l'effet d'une mise en faillite se bornait à la ruine de la personne qui en est victime, ce serait un grand malheur sans doute, mais il serait encore supportable; il fait plus, il lui enlève l'honneur ainsi qu'à sa famille, il le force à cacher son nom même à l'étranger, il le met dans la cruelle impossibilité de réparer ses pertes en travaillant de nouveau s'il en a le courage.

Un tribunal de commerce ne saurait donc être trop prudent dans l'exercice du droit que la loi lui confère : ainsi l'a voulu le législateur; sans cette prudence, le droit de frapper n'est qu'un poignard dans la main des enfans.

Je demeurai six semaines à Saint-Amant pour voir quel parti il serait pris à mon égard; j'avais confiance dans ma position, parce qu'il me semblait que le tribunal reconnaîtrait bientôt qu'il avait cédé à un sentiment dont il ne s'était pas bien rendu compte, et qu'il reviendrait franchement de son erreur en levant la contrainte par corps et en m'appelant près de lui pour examiner les choses avec calme et sans passion comme cela doit être dans l'intérêt de tous; mais je versais là dans une bien déplorable erreur. Je croyais à la justice et n'avais pas songé à la passion.

## CHAPITRE VI.

En commençant à écrire ce mémoire, je me suis imposé l'obligation d'écrire sans haine et sans fiel, et même de ne pas citer les personnes qui ont le plus contribué à mes malheurs, parce qu'il en est à qui j'ai pardonné, il en est d'autres pour qui je n'ai que de la pitié; mais il en est une que je ne puis m'empêcher de nommer, et dont, malgré ma résolution, je dois signaler les manœuvres, parce qu'il est impossible qu'il en soit autrement pour ma justification; toutefois, je le déclare, c'est avec une extrême répugnance que je subis cette nécessité.

Lorsque le 23 septembre 1840 je me vis forcé d'envoyer au peu de créanciers qui me restaient mes lettres de convocation pour les réunir à un jour déterminé, M. Leconte, qui, je l'avoue, était resté un de mes derniers cliens, m'avait envoyé ce jour-là des valeurs à recouvrer, je les lui avais retournées de suite avec la lettre de convocation qui lui était destinée, et en le priant de donner un autre emploi à ses valeurs.

M. Leconte m'adressa le 26 la lettre dont voici la copie exacte :

« Monsieur,

« Je reçois votre lettre datée du 23 courant, et suis « on ne peut pas plus sensible à la position où vous « vous trouvez. Croyant pouvoir vous être utile, don- « nez-moi un moment d'entretien par le porteur de « la présente.

« Je compte que vous me connaissez assez pour « avoir cette confiance en moi.

« Je vous salue,

« *Signé,* Leconte. »

N'ayant eu avec M. Leconte que des rapports d'intérêts et de correspondance, je croyais pouvoir ajouter foi à la sincérité de ses offres; aussi, touché de son procédé qui était pour moi une consolation dans la peine, je lui répondis aussitôt dans les termes suivans :

« Monsieur,

« Votre lettre et vos offres étant l'expression et la

« preuve d'un noble cœur, je vous en remercie et « vous attends à onze heures. »

M. Leconte vint en effet, mais je fus bientôt désillusionné sur sa démarche.

Je croyais recevoir un consolateur et un ami, ce fut toute autre chose, car M. Leconte me demanda immédiatement d'avoir sa créance couverte soit par une hypothèque, soit par des valeurs mobilières, soit enfin par la signature de mes sœurs.

Or, comme tout ce qu'il demandait m'était impossible, M. Leconte me quitta.

MM. les créanciers se rappelleront sans doute qu'il avait été décidé que quelques-uns d'entre eux viendraient à la campagne le lundi qui précéda la réunion, afin de prendre connaissance de mon état de situation, et d'aviser d'avance aux moyens à proposer à l'assemblée : c'était MM. Chaffart, Phillippart Vandris, Delhaie et Leconte.

Qu'a fait ce dernier? Le rendez-vous était pour quatre heures, et M. Leconte arriva à midi précis avec madame sa tante; il vint, la promesse et la menace à la bouche, me demander d'être couvert par privilège ou d'avoir la signature de mes sœurs; or, comme il n'était pas à mon pouvoir de le satisfaire en aucune manière, je ne pus me soustraire aux conséquences de ses menaces et de mon impossibilité; il m'a cruellement tenu parole, comme on le verra par la suite.

Le jour de la réunion, comme il s'agissait de nommer une commission, M. Leconte, qui avait son plan arrêté d'avance, souffla dans l'oreille de mon conseil de diriger le choix des commissaires de manière à ce qu'il en fît parti, et cela dans le but avoué de m'être favorable et de trouver dans ses fonctions un moyen de s'instruire : il fut nommé, et voici comment il remplit son mandat.

M. Leconte vint me trouver à la campagne dans la soirée dudit jour, et, abusant de sa position, il me poursuivit avec la dernière inconvenance pour obtenir d'être payé; il se trompait, il croyait que j'étais homme à convoquer mes créanciers, nanti de ressources cachées.

Le lendemain et tous les jours suivans, sans en excepter un seul depuis la réunion jusqu'à ma mise en faillite, M. Leconte vint matin et soir, toujours dans l'ombre, me réitérer et ses promesses et ses menaces; il avait, disait-il, le pouvoir de faire signer ceux qui ne l'avaient pas fait encore, ou de les maintenir dans leur refus.

Enfin, fatigué de ce cauchemar incessant, je lui

offris, pour m'en débarrasser, une obligation à dix-huit mois de date, ayant l'espoir de parvenir à la payer avec mon travail futur. M. Leconte ne voulut accepter cet arrangement qu'autant que je lui remettrais une garantie mobilière de l'exécution de ma promesse, et il fut convenu qu'elle reposerait sur un piano que, dans des temps plus heureux, j'avais acheté à une de mes nièces; il fut alors stipulé par écrit que ma nièce conserverait la jouissance de son instrument dont elle ferait le sacrifice, si, à l'expiration du terme du billet, je n'y avais satisfait. Enfin, il était entendu que seul je serais chargé de prévenir ma sœur et ma nièce de cet arrangement, et que lui, Leconte, s'interdisait toute démarche envers elles à cet égard.

Qu'a-t-il fait alors? Il écrivit immédiatement à ma sœur pour lui demander si elle avait connaissance de l'arrangement qui nous liait, et, n'en ayant pas reçu de réponse, il fut la trouver pour l'en instruire.

Sa lettre, ainsi que le compromis dont je viens de parler, ont été remis par moi entre les mains de mon conseil, M. Duquesnoy, actuellement juge au tribunal civil.

Quant au piano, ma sœur, indignée de ce procédé, l'a fait vendre au profit de la masse créancière.

Dans l'intervalle qui s'écoula entre la réunion de

mes créanciers et ma mise en faillite, le greffier du tribunal de commerce vint me trouver à la campagne accompagné de M. le notaire Leroy et de M. Leconte, pour m'engager à les constituer en commission pour vendre tous mes meubles et immeubles par leur entremise, et s'offrant à m'aider dans ma liquidation. (1)

Je répondis à ces messieurs qu'une commission ayant été nommée par la masse, il était hors de mon pouvoir d'accueillir leur demande, mais que n'ayant aucune raison pour refuser le ministère de maître Leroy, pour la vente des biens sur lesquels M. Simon n'avait pas de droits acquis, je consentais volontiers à lui en abandonner la réalisation aussitôt que la commission aurait pris un parti à cet égard; ces messieurs prirent cette déclaration de ma part pour une adhésion immédiate à leur désir. L'on me fit demander plusieurs fois les titres de propriétés pour en organiser la vente; il ne m'était pas facultatif de les donner à cet effet sans l'assentiment de la commission; j'empêchais un greffier, un notaire de faire des ventes, *indè iræ*.

La faillite fut résolue par ces officiers publics qui

(1) Je prie le lecteur de prendre note de cette démarche, elle n'est pas sans importance, car là est le principe, là est toute l'histoire de ma mise en faillite.

entrevoyaient déjà comme agent ou syndic M. Leconte, leur factotum; mais revenons à celui-ci isolément, nous sommes loin d'avoir dit tout le mal qu'il nous a fait.

Quelques-uns de mes créanciers se souviendront encore que, le samedi qui précéda ma catastrophe, le tribunal, sous l'impulsion sans doute des personnes que je viens de signaler, s'était réuni le soir dans l'intention formelle de prononcer le jugement de faillite, si M. Rasson ne consentait immédiatement à surseoir à la vente du mobilier de ma maison, qui avait été annoncée pour le mardi comme devant s'opérer par un ministère qui n'était pas celui de M. Delye, greffier.

Ayant eu connaissance de ce qui devait se passer ce jour-là, je courus au tribunal parce que mon conseil était absent et que je ne voulais pas me laisser condamner sans défense; j'avais espoir que mes anciens collègues m'écouteraient et que les explications que j'avais à fournir écarteraient le malheur dont j'étais menacé; je trouvai, en entrant dans la salle des séances, MM. Renard Vaniseghem et Leconte; le premier, m'ayant demandé ce que je venais faire, me jeta, sans attendre ma réponse, des grossièretés à la figure, et me dit qu'on n'avait que faire de mes explications pour me juger : il a pu apprendre depuis, par le procès de son neveu, que la défense peut quelquefois sauver un accusé innocent et que les juges sont heureux quand ils ne trouvent pas matière à punir.

Quant à M. Leconte, qui était là pour se faire nommer agent, le cas échéant, il vint à moi et me dit : « Monsieur, on va vous mettre en faillite; mais si vous consentez à me payer, il n'en sera rien fait, *car j'ai du pouvoir ici.* » Je livre sans commentaire ce fait que j'affirme sur l'honneur; le lecteur en appréciera l'importance.

Cependant la faillite ne fut pas déclarée ce jour-là, par la raison que M. Rasson écrivit au tribunal que la vente étant affichée, elle aurait lieu nécessairement; mais que, pour éviter un malheur, il consentait volontiers, sans toutefois préjudicier à ses droits, à laisser en dépôt le produit de cette vente.

Cette lettre de M. Rasson avait satisfait les membres présens à l'audience; mais tout le monde n'y trouvait pas son compte, la malveillance, d'une part, et la cupidité, de l'autre, voulaient ma faillite; elle était résolue, seulement il fallait le moyen ou le prétexte ; on employa le dimanche et le lundi à manœuvrer dans l'ombre, afin d'arriver au but tant désiré; on convint de faire présenter requête, mais il fallait des signataires; M. Leroy, notaire, en fut un; j'étais son débiteur de quelques centaines de francs, mais sa créance était civile; elle n'avait aucune force, on en chercha un autre pour corroborer la sienne, et l'on circonvint M. Phillippart Vandris, lui qui, le premier de tous, avait signé l'arrangement, et il signa la requête : depuis lors il m'en a témoigné le regret.

Ainsi que je l'ai dit, on avait vendu le lundi le mobilier de la campagne; et le mardi 27, avant le jour, M. Leconte, qui avait une connaissance parfaite de ce qui devait se passer ce jour-là, vint me faire une dernière insulte dans ma retraite; il me demanda à être introduit dans ma chambre à coucher afin de constater ce qu'elle contenait; il reçut de ma part un refus net, et n'insista pas; il savait ce qui m'attendait en ville à mon arrivée; l'on sait que c'est ce jour-là que ma faillite a été prononcée, et que M. Leconte a été nommé agent: c'était chose convenue, comme on a pu le prévoir par tout ce qui précède.

Je vais maintenant reprendre la question générale; mais si je cesse momentanément de parler de M. Leconte, ce n'est pas que la matière soit épuisée, tant s'en faut, j'y reviendrai dans la seconde partie de ce mémoire, et le public, s'il n'est pas encore convaincu que M. Leconte est un des principaux auteurs de ma catastrophe, le sera totalement en le voyant à l'œuvre. En attendant, disons un mot sur le tribunal du commerce.

## CHAPITRE VII.

Lorsqu'après la révolution française, après cette époque d'anarchie où tout était confondu, où la licence remplaçait le droit, un pouvoir énergique et réparateur vint remplacer le désordre, un des premiers soins du gouvernement fut de revoir le code des lois, afin de les approprier aux besoins de l'époque. Parmi celles qui fixèrent le plus particulièrement l'attention de l'empereur, furent les lois commerciales, et notamment celles sur les faillites. Il avait compris que le commerce étant la source de la prospérité des empires, devait être régi par des lois sévères et protectrices en même temps, afin d'offrir des garanties solides aux nations qui voudraient trafiquer avec nous.

Il avait aussi compris que l'ordonnance de 1776 était devenue insuffisante pour s'opposer au scandale honteux qu'offraient tous les jours les gens de mauvaise foi, en s'enrichissant de la dépouille des familles honnêtes ; il voulut donc que la loi sur les faillites fût l'objet d'une attention toute particulière de la part du conseil d'état ; il voulut que la loi fût sévère, parce que tout dans le commerce repose sur la confiance ; mais il voulut aussi qu'elle fût juste et indulgente pour le négociant malheureux, parce qu'il est dans les affaires des cas de force majeure que toute la prudence humaine ne saurait prévoir ni éviter. Voilà la raison pour laquelle on créa les tribunaux de commerce. Il a cru, et avec raison, que les commerçans devaient être jugés par leurs juges naturels, c'est-à-dire par des négocians honorables, prudens et sages, enfin par des gens d'élite, pour que les intérêts privés ou les passions ne vinssent pas se mettre à la place de la justice impartiale.

Il ne confia pas aux juges civils la juridiction commerciale, parce que les procédures de l'espèce, ne reposant pour la plupart que sur des questions de fait, sont plus facilement appréciées par des personnes qui ont acquis quelque expérience dans la matière.

Il prit pour la formation des tribunaux de commerce des mesures minutieuses et sages ; afin de s'assurer que les intentions du législateur fussent bien remplies, il voulut qu'aucun juge ne pût être revêtu de cette dignité s'il n'avait préalablement fourni pendant cinq ans des preuves de capacité et une carrière commerciale honorablement connue; il voulut en outre, pour plus grande sûreté, que les juges ne pussent recevoir leur mandat que par l'élection des négocians les plus notables de l'arrondissement.

Les choses se passent ainsi, ou du moins doivent se passer ainsi dans la plupart des arrondissemens judiciaires; mais à Tournay la plus déplorable insouciance préside à la nomination des juges. Tout le monde veut être porté sur la liste des négocians notables; mais s'agit-il de se déranger pour venir aux élections, personne ne vient, et la réunion des notables n'offre d'ordinaire que le personnel rigoureusement indispensable à la nomination des juges, souvent même il se compose uniquement du tribunal seul.

Ajoutez à cela que les personnes de la ville, qui par leurs moyens de toute nature seraient les plus propres à remplir dignement cet emploi, se refusent à l'accepter, et l'on conçoit pourquoi. C'est une charge pesante que celle de quitter ses affaires, pour aller s'occuper, tous les jours et à heure fixe, je ne dirai pas gratuitement, mais onéreusement, de celle des autres. L'on m'en croira sans peine; et quant à moi, j'en sais quelque chose par expérience. J'ai fait partie du tribunal pendant six ans ; je l'ai fréquenté avec assiduité, et cela à l'époque de mes plus grandes affaires ; je sais ce qu'il m'en a coûté, surtout pendant ma présidence, que je n'ai acceptée que par dévoûment. La personne qui avait été nommée dans les premières assemblées s'était refusée à en accepter les fonctions ; il s'agissait de conserver à la ville une institution utile, et j'ai cédé au vœu de mes amis. Il n'y avait eu chez moi que dévoûment à la chose publique, et l'on m'a accusé d'ambition.

Je n'examinerai pas ici si le tribunal de Tournay est composé comme il doit l'être, et s'il offre en général toutes les garanties désirables dans l'intérêt du commerce et des familles, ce n'est pas là mon but. Si j'en ai dit quelques mots, ce n'est nullement dans des intentions de critique ou de malveillance ; j'ai seulement voulu signaler comment se font les élections du tribunal, sans avoir égard au corps entier ni aux personnes qui le composent. Mon fait à moi, c'est d'examiner si le tribunal de Tournay, tel qu'il est composé, a apporté dans mes affaires toute l'impartialité, toute la conscience que les lois divines et humaines lui imposaient. Le juge fait serment d'examiner sans haine et sans passion les affaires qui lui sont soumises : l'on a déjà vu et l'on verra par la suite si j'ai été jugé de la sorte.

J'ai dit et toute la ville a su qu'après la suspension de paiement de la banque de Belgique, je fus immédiatement en butte à la calomnie; j'en ai longuement parlé dans les chapitres précédens, il serait superflu d'y revenir. Toute la ville a vu que j'ai résisté à ce choc si terrible avec la plus grande énergie. Le conseil de régence dont je faisais partie, et dont je ne pouvais fréquenter les séances au milieu des nombreux embarras de ma position, m'avait fait l'honneur de m'envoyer une députation pour m'engager à retirer ma démission que j'avais donnée par des motifs de délicatesse; je ne voulais pas garder plus long-temps des fonctions dont je ne pouvais remplir les devoirs : c'était là ma seule raison à cette époque; car j'avais encore alors l'espoir fondé d'arriver au port sans naufrage.

Tout le monde me plaignait et s'intéressait à mon sort, et lorsque je ne pus résister plus long-temps, j'ai trouvé la plus grande partie de mes créanciers disposés à l'indulgence : le tribunal seul n'en a pas eu ; je dirai plus, il n'a pas été juste, car toujours il s'est refusé à m'entendre moi ou mon conseil, et dans les derniers temps, il a poussé la passion au point de n'avoir égard ni aux rapports, ni aux protestations du juge-commissaire et d'un des syndics, qui m'étaient favorables par conviction.

Le tribunal m'a traité avec la sévérité dont il aurait dû s'armer, si j'avais suspendu mes paiemens au milieu du calme des affaires, car alors il aurait pu me soupçonner; mais après une catastrophe épouvantable qui n'était pas mon fait, après une résistance de vingt mois, après avoir tout perdu, tout abandonné, n'avoir pas conservé de quoi vivre un seul jour, m'avoir traité comme il l'a fait, ce n'est pas là de la justice calme et consciencieuse, c'est de la partialité haineuse. On verra plus loin que la majorité du tribunal de commerce a méconnu, à mon préjudice, tous les principes de droit et de justice.

Quand il s'est agi de la nomination des syndics, la même partialité a présidé à ce qui a été fait; j'avais témoigné toute la répugnance que j'éprouvais de voir M. Leconte revêtu de ces fonctions, et on aura reconnu que j'avais de bonnes raisons pour cela; cependant il a été nommé, il m'était hostile à outrance, et de plus incapable de juger des affaires de l'importance des miennes; c'était précisément l'homme qu'il fallait, c'était l'homme du greffier et du notaire Leroy; j'aurais à cette époque adressé mes plaintes au procureur-général, si M. Dumortier Vanderghote et M. Cherquefosse n'avaient été nommés, l'un juge-commissaire et l'autre syndic légiste. Cette nomination de gens éminemment honorables et impartiaux me tranquillisa, car je crus que leur influence et leur délicatesse contre-balanceraient avec avantage les mauvaises intentions de M. Leconte; je me trompais, comme on le verra dans la seconde partie de ce Mémoire.

---

# DEUXIÈME PARTIE.

## CHAPITRE PREMIER.

J'ai traité dans ma première partie de tous les faits qui ont précédé et suivi ma mise en faillite jusqu'après la nomination des syndics; il me reste à parler des réunions de créanciers auxquelles j'ai assisté, et des différentes circonstances qui ont donné lieu au refus d'homologation du concordat qui en avait été le résultat. Je serai aussi bref que possible, car j'éprouve de la répugnance à revenir ainsi sur les faits et gestes de magistrats consulaires qui n'ont pas craint de descendre à l'intrigue pour satisfaire leurs ressentimens personnels.

Depuis six semaines j'attendais inutilement à Saint-Amand qu'on m'appelât pour donner des explications sur mes affaires, et en même temps pour diriger ma liquidation dans l'intérêt de tous; mais voyant que la nomination des syndics avait eu lieu et que je n'étais pas appelé, je pris la résolution de m'éloigner, je partis pour Paris, afin d'y chercher des moyens d'existence, abandonnant au temps le soin de calmer les passions déchaînées contre moi. En arrivant dans cette capitale, je n'avais d'autres ressources que ce qui m'avait été donné par la famille généreuse dont je quittais le toit hospitalier. Je ne savais d'abord que faire, je n'osais me montrer nulle part, car ayant eu pendant trente ans de nombreuses et d'intimes relations avec cette ville, je souffrais d'avoir chaque jour à faire l'aveu de ma déchéance; cependant il le fallait pour expliquer mon séjour et ma retraite; mais cette nécessité était bien plus impérieuse encore, lorsqu'on voulait me confier des affaires, je ne pouvais loyalement accepter les propositions sans avoir préalablement avoué le malheur où j'étais tombé : cet aveu, de la part d'un homme qui dans tous les temps avait été connu honorablement, étonnait d'abord, il éloignait quelques personnes, mais d'autres applaudirent à ma délicatesse, et, loin de me retirer leur confiance, m'en donnèrent au contraire de plus éclatans témoignages. Ces personnes généreuses, et il y en eut plusieurs, m'engagèrent à me raidir contre l'adversité, contre des malheurs non mérités; elles firent d'abord pour moi tout ce qu'il leur fut possible pour me faciliter les moyens de trouver l'existence dans le travail, puis quelques-unes d'entre elles me firent la promesse de me donner argent et crédit pour refaire ma fortune, si je parvenais à obtenir de mes créanciers un concordat qui me donnât la liberté d'action, et à elles la certitude que le ssecours qu'elles avaient l'intention de me donner ne seraient pas compromis.

J'étais heureux de ces marques d'estime et de sympathie, je l'étais bien plus encore d'entrevoir, dans un avenir prochain, la possibilité de couvrir mon déficit, et de fournir ainsi à mes concitoyens la preuve que je n'avais pas cessé d'être honnête homme.

C'est dans ces espérances, qui retrempaient mon courage, que j'attendis l'époque où je devais être appelé à Tournay, en conformité des art. 914 et suivans du Code de commerce; enfin ce jour tant désiré arriva, je reçus ma lettre de convocation et partis immédiatement, comptant que dix mois auraient calmé les passions.

Arrivé à Tournay deux jours avant l'assemblée, je n'eus rien de plus pressé que de solliciter une réunion avec mes syndics, afin de prendre connaissance de l'état des choses et fournir au besoin des explications que l'on aurait pu désirer. M. Cherquefosse se prêta de bonne grâce à ce que je désirais; il convoqua son collègue, qui se rendit à l'heure indiquée, mais sans apporter aucune pièce avec lui; or, comme il avait été chargé du dépouillement de mes livres, et en même temps du rapport qui les concernait, je voulus savoir de lui quelle était la nature de ce rapport, et de quelles pièces il prétendait faire emploi à l'assemblée du mardi, mais M. Leconte éluda mes demandes; j'eus beau lui observer qu'il était de la plus sévère équité qu'il me donnât connaissance de ses moyens, afin de me mettre à même d'y répondre, ce fut inutilement, je ne pus rien obtenir.

Je me rendis donc à l'assemblée du mardi dans la plus complète ignorance de ce qui devait s'y passer.

Je rendis compte d'abord aux personnes réunies de l'espoir que j'avais de m'acquitter un jour envers elles; puis, la parole ayant été donnée à M. Leconte, il lut, en réclamant l'indulgence de l'assemblée, ce qu'il appelait son rapport; mais au lieu de présenter un tableau de situation de la faillite, au lieu de dire aux créanciers ce qu'ils avaient à craindre ou à espérer, M. Leconte fit sur mes livres une critique amère, méchante et fausse d'un bout à l'autre : c'était un véritable acte d'accusation dont il ne fournissait aucune preuve. On lui avait donné pour collaborateur dans l'examen de mes livres, M. Petit, homme aussi probe que capable, mais ce n'était pas le résultat de leur travail commun dont il donnait connaissance à l'assemblée, c'était son propre ouvrage, un tissu d'absurdités auxquelles M. Petit a déclaré n'avoir pris aucune part.

La lecture de ce que j'entendis ne produisit chez moi que de la pitié, car je vis que M. Leconte était tout au moins un ignorant. Je me bornai donc pour le moment à nier tout ce qu'il avait avancé sans preuve, et demandai à M. le président de vouloir bien ordonner que mes livres me fussent rendus momentanément, afin de me mettre à même de faire la preuve contraire; cette faveur, ou plutôt cette justice, me fut accordée, et l'assemblée s'ajourna à huitaine.

## CHAPITRE II.

L'on croira peut-être que M. Leconte s'empressa d'obéir aux ordres de l'assemblée et de me faciliter les moyens de me justifier, non, vingt-quatre heures se passèrent avant que son collègue eût obtenu de lui le rapport qu'il avait lu, et quant aux livres et aux pièces nécessaires, il ne joignit à son rapport qu'une faible partie de ce qui m'était indispensable; j'eus beau me plaindre, son collègue eut beau lui écrire lettre sur lettre pour lui faire sentir la déloyauté de ses procédés, on n'en arrachait que des pièces détachées et incomplètes, il niait même avoir jamais reçu certaines pièces que je réclamais. Cela ne l'empêchait pas cependant de m'adresser chaque jour de nouvelles questions qu'il croyait de nature à m'embarrasser. Ces questions, il les puisait dans des papiers ou des livres qu'il niait avoir jamais eus en sa possession. Enfin, fatigué de ces manœuvres déloyales et ne voulant pas me trouver au dépourvu le jour de la réunion qui était proche, j'adressai à M. le juge-commissaire une plainte écrite, et par laquelle je l'informais que je me rendrais le lendemain à son domicile afin d'aviser avec lui au moyen de me faire obtenir ce que je demandais.

Je m'y rendis en effet à l'heure indiquée, accompagné de M. Cherquefosse. M. le juge-commissaire ayant écouté mes plaintes, fit la proposition de nous accompagner chez M. Leconte, ce que j'acceptai très volontiers. Arrivé chez lui, il lui expliqua le but de notre visite, et l'invita à se rendre à mes justes désirs. M. Leconte nia de la manière la plus formelle avoir jamais reçu les pièces que je demandais; cependant, il y avait au nombre de ces pièces trois livres facturiers qui constataient mes achats et mes ventes, et j'en avais le plus impérieux besoin. M. Leconte avait, à la levée des scellés, signé un procès-verbal qui en signalait quatre qu'il avait reçus, et il ne m'en avait remis qu'un seul ; quant aux papiers, M. Leconte avait plus beau jeu, il pouvait nier avoir jamais reçu ceux que je réclamais, car le greffier et les agens s'étaient contentés, en dressant l'inventaire, de jeter tous mes papiers les plus importans dans un sac, et de les faire figurer au procès-verbal sous la désignation suivante : *un sac de papiers!* Voilà avec quelles précautions on confiait des papiers si importans à un homme si indigne de confiance.

Cependant M. Leconte avait puisé dans ces papiers des moyens d'accusation, et je voulais les avoir, je voulais entre autres, différens contrats fort importans, ainsi que les comptes courans de la Société générale de la banque de Belgique; je tenais à les avoir pour détruire les allégations de M. Leconte; je voulais prouver par la concordance de ces comptes avec mes écritures que mes livres étaient bien tenus; mais il persista dans ses dénégations, et jusqu'à trois fois, malgré les invitations pressantes et raisonnées de M. Dumortier.

Dans un tel état de choses, il ne restait qu'un moyen, c'était que je fusse moi-même introduit dans la pièce où se trouvaient mes papiers; il ne pouvait s'y refuser, et j'y entrai suivi de M. le juge-commissaire et de M. Cherquefosse: mes papiers se trouvaient dans la chambre à coucher de M. Leconte, et gisaient pêle-mêle dans le désordre le plus complet sur le parquet, sur les tables, sur son lit; la correspondance intime de ma famille, celle de mon frère, mort depuis quinze ans, des quittances, des titres de propriétés appartenant à des familles étrangères, et qui provenaient de mon agence de la banque foncière. Le cœur me manqua à cette vue, je vis que j'avais affaire à un bourreau, non à un syndic qui doit avoir la conscience du magistrat; j'en fis la remarque à ces messieurs, qui en étaient aussi indignés que moi, et M. Dumortier lui fit observer que la délicatesse aurait dû l'engager à renvoyer à ma famille et à l'agent qui m'avait succédé, les papiers qui les regardaient privativement, et qui étaient étrangers à la faillite: pendant ce temps-là, j'avais mis la main sur quelques papiers qui se trouvaient en bon ordre sur une table où M. Leconte travaillait, et les premiers objets qui s'offrirent à mes yeux furent précisément les contrats dont j'ai parlé, puis vingt-huit comptes courans que M. Leconte avait si effrontément nié avoir jamais eus.

Je n'ai pas besoin de dire quel effet cette découverte produisit sur ces messieurs ; M. Dumortier, qui présidait à cette investigation avec un calme et une impartialité admirables, ne put s'empêcher de dire à M. Leconte : « Monsieur, la plus belle porte qui vous soit ouverte pour sortir de cette position est celle de l'ignorance et de l'incapacité. »

Ayant été heureux dans mes premières recherches, je continuai ma visite et ne tardai pas à trouver dans un de mes cartons, un paquet de lettres et de pièces étiquetées et numérotées, où M. Leconte avait puisé des moyens contre moi. Quant aux trois facturiers ils avaient disparu, et probablement pour toujours. M. Dumortier dressa alors procès-verbal de tout ce qui se passait sous ses yeux, le voici textuellement :

L'an 1841, le 23 août, nous, Dumortier Vanderghote, juge-commissaire à la faillite de L. Quevaux-villers, ex-banquier à Tournay,

Certifions que, cejourd'hui, vers 9 heures du matin, M. Cherquefosse, avocat, syndic à ladite faillite, est venu accompagné du failli, m'exposer que depuis plusieurs jours il avait réclamé de M. Leconte, autre syndic à ladite faillite, divers registres, documens et pièces qu'il désirait communiquer au failli ; qu'après de nombreuses démarches il avait obtenu une partie de ces objets ; mais qu'il n'était point parvenu à se procurer certaines pièces dont le failli avait besoin pour continuer un travail auquel il se livrait. M. Cherquefosse nous a prié de nous transporter au domicile de M. Leconte, et je l'ai fait immédiatement accompagné du déclarant et du failli.

Arrivé chez M. Leconte, nous l'avons invité à remettre à M. Cherquefosse, contre récépissé, plusieurs documens que nous indiquions, et notamment 1° un livre facturier antérieur au 2 juin 1835 ;

2° Un contrat original intervenu entre un sieur Delaloge et le failli ;

3° Les comptes-courans de la société générale et de la banque de Belgique.

M. Leconte nous répondit qu'il ne possédait ni le facturier, ni le contrat Delaloge, ni les comptes-courans de la banque de Belgique et de la société générale.

Après quelques pourparlers, le failli demanda à M. Leconte si l'on ne pourrait être introduit dans la chambre où se trouvaient les registres et papiers de la faillite ; M. Leconte répondit affirmativement : le failli se leva de sa chaise et M. Leconte le conduisit dans une chambre haute ; M. Cherquefosse et moi nous le suivîmes.

Arrivés dans cette chambre, le failli jeta un coup-d'œil sur une table couverte de papiers, et l'une des quelques premières pièces qu'il toucha se trouva être précisément le contrat Delaloge, ci-dessus mentionné.

Il trouva immédiatement après une lettre du 27 janvier 1840, adressée au failli par la banque de Belgique. Cette lettre était paraphée par M. Leconte; d'autres lettres paraphées de même furent trouvées au même instant : notamment une lettre du sieur Colmant, en date du 9 janvier 1840.

On trouva, presque au même moment, vingt-huit comptes-courans de la société générale et de la banque de Belgique, etc.; vingt comptes-courans de diverses personnes; en même temps encore on trouva deux inventaires-bilans dressés par M. Leconte, et que M. Cherquefosse disait que celui-ci réclamait de lui : M. Cherquefosse fit paraître, à cette vue, une sorte de stupéfaction que suivit une indignation extrême. M. Leconte s'excusa, disant qu'il croyait ne pas posséder ces deux dernières pièces.

Sur ce, nous avons autorisé le failli à continuer ses recherches, et avons ordonné l'inventaire d'un assez grand nombre de pièces, avec injonction de les mettre en mains de M. Cherquefosse, contre récépissé.

De tout quoi nous avons rédigé le présent procès-verbal.

Après la lecture d'une pareille pièce, que M. Leconte a signée comme vraie, qui pourrait croire que cet homme ait encore eu l'impudeur de se montrer et de faire des démarches pour consommer ma perte?

Qui pourrait croire que la majorité du tribunal de commerce n'ait fait que rire de cette infamie? Il en fut ainsi pourtant, parce que plusieurs de mes anciens collégues nourrissaient contre moi une haine personnelle : pourquoi, je n'en sais rien.

Un de ces magistrats' par exemple, M. *Rose Olivier*, avait à se venger d'avoir acheté chez moi, et sans aucune sollicitation de ma part, un assez grand nombre d'actions des compagnies commerciales d'Anvers, sur lesquelles il a perdu aussi bien que moi et tous les autres actionnaires une somme considérable.

J'aurais dû adresser alors une plainte au procureur du roi pour lui signaler le méfait de M. Leconte, j'ai eu la générosité de n'en rien faire, j'ai eu tort et j'en porte aujourd'hui la peine. Je reviens à mon sujet.

Le lendemain avait lieu la réunion. Ayant complété ma défense au moyen des pièces que j'avais retrouvées, je m'y rendis avec sécurité. Mais comme M. Leconte faisait circuler dans le public, le bruit que nous avions la veille violé son domicile, M. le juge-commissaire ouvrit la séance de la manière suivante :

« Messieurs, il s'est passé hier un fait que l'on a cherché à dénaturer et dont je dois vous donner connaissance avant d'accorder la parole à M. Quevauxvillers pour sa justification ; il me suffira pour cela de vous donner lecture du procès-verbal que j'en ai dressé. »

Après la lecture de cette pièce que j'ai transcrite plus haut, et qui excita l'indignation de toute l'assemblée, M. Dumortier la soumit à la signature des deux syndics. *M. Leconte* la signa aussi bien que son collégue.

La parole m'ayant ensuite été accordée, je détruisis de fond en comble tous les faits posés par M. Leconte, et M. Petit qui, comme je l'ai dit plus haut, lui avait été donné comme collaborateur, M. Petit déclara hautement que le rapport que M. Leconte avait présenté et que je venais de réfuter, était contraire au travail qu'ils avaient fait ensemble, travail que lui, Leconte, avait paraphé de sa main, article par article, partout où besoin était.

M. de Rasse, substitut de M. le procureur du roi, qui assistait à cette séance dans l'intérêt éventuel de la vindicte publique, ne put s'empêcher de dire : « Mais, messieurs, il me paraît que les rôles sont changés depuis la dernière séance : ce n'est plus le failli qui est sur la sellette, mais bien M. Leconte. »

Bref, l'on vota presqu'à l'unanimité le concordat que j'avais demandé, et qui consistait simplement dans une cession de biens avec suspension de poursuites pendant dix ans; c'était me fournir le moyen de travailler dans le but de gagner de quoi combler mon déficit. Je demandai à opérer moi-même ma liquidation sous la surveillance d'une commission de trois membres à laquelle je me soumettais d'avance dans le cas de désaccord sur les questions qui pourraient se présenter dans le cours de nos travaux.

On chargea MM. les avocats Duquesnoy, Dubus et Cherquefosse, de rédiger le projet de concordat, et l'on s'ajourna à huitaine pour le signer.

Après ce qui venait de se passer, après l'adhésion presque unanime des créanciers au concordat, il paraissait que toute difficulté devait être aplanie, et qu'il n'y aurait plus qu'à recueillir les signatures : il n'en devait pas être ainsi comme on va le voir dans le chapitre suivant.

## CHAPITRE III.

Au jour fixé pour la signature, une des personnes qui avaient été chargées de la rédaction du concordat en donna lecture à l'assemblée, et il allait probablement être signé sans observation, lorsque le mandataire du seul créancier qui s'était abstenu à la réunion précédente, et qui cette fois se faisait représenter par un autre, vint refroidir la réunion en demandant des éclaircissemens et en combattant la rédaction faite et approuvée par trois avocats; bref, on changea la rédaction suivant ses désirs; on chargea M. le greffier de dresser la pièce, et l'on se donna rendez-vous pour huit heures du soir, afin de signer. On y revint, en effet; mais M. le greffier, qui avait ses raisons pour cela, n'était pas en règle : sa rédaction était bonne, mais sur plusieurs papiers volans; or, comme il était impossible de signer une pièce qui n'existait pas, on lui dit de la dresser le soir même, et l'on prit l'engagement de la signer le lendemain, ce qui équivalait, au dire des avocats présens, à une signature donnée séance tenante.

Le lendemain, nouvel embarras : la pièce était bien faite, mais M. le greffier prétendit qu'il ne pouvait se prêter à un faux procès-verbal, et toutes choses furent encore ajournées indéfiniment, attendu que le représentant du principal créancier avait été forcé de s'absenter. Toutes ces contrariétés ayant absorbé six semaines, force me fut de revenir à Paris, pour ne pas laisser plus longtemps en souffrance les intérêts qui m'étaient confiés, et après avoir vaqué aux affaires les plus pressées, je m'en retournai à Tournay, afin d'obtenir une solution quelconque. J'appris en arrivant que, pendant mon absence, l'on avait mis en doute si, d'après le texte et l'esprit de la loi, on pouvait encore s'occuper d'un concordat, quand déjà deux séances avaient eu lieu dans ce but et sans résultat. La question fut examinée par des jurisconsultes, et résolue affirmativement, au grand désappointement des personnes qui faisaient tout pour y mettre entrave.

Enfin le concordat fut signé dans la séance suivante; mais je n'étais pas au bout : la haine, vaincue jusque-là, me préparait de nouveaux combats.

La loi veut qu'un concordat soit homologué par le tribunal de commerce dans les huit jours qui suivent la signature, et s'il y a des créanciers qui n'ont pas signé et qui fassent opposition, la loi veut encore que le tribunal statue sur les oppositions dans la huitaine: tel était le devoir du tribunal de Tournay, tel était mon droit, qui n'est que le droit commun; mais, au lieu de huit jours, l'on a pris six semaines, malgré ma requête et mes nombreuses démarches.

Quinze jours après la signature du concordat, j'avais été voir M. le président pour connaître les motifs du retard apporté à l'homologation; il m'avait répondu qu'on attendait pour cela un rapport écrit de M. le juge-commissaire; je m'étais empressé d'en informer ce dernier, en le priant de s'en occuper le plus tôt possible, et en lui disant, que s'il arrivait que ses collégues voulussent préalablement avoir quelques explications sur mes affaires, je demandais la faveur d'être entendu, pour faire avec mes livres la preuve que j'avais été calomnié sur tous points.

M. Dumortier, qui avait été absent, répondit à ma lettre par celle dont voici copie :

M. L. QUEVAUXVILLERS.

« MONSIEUR,

« J'ai bien reçu la lettre que vous m'avez fait l'honneur de m'adresser aujourd'hui. Rentré seulement depuis hier soir d'une tournée de huit jours en Belgique, je n'ai pu connaître que tout récemment vos démarches relativement à l'homologation requise.

« J'ignorais qu'un rapport écrit fût nécessaire à cet effet, sans quoi j'aurais fait ce rapport avant mon départ; j'avais exprimé verbalement mon opinion à plusieurs de mes collégues du tribunal, en leur disant, que, selon moi, votre demande d'homologation ne peut qu'être accueillie favorablement par lui. Le tribunal ne se réunissant que mercredi prochain, je me rendrai à la séance de ce jour pour lui renouveler cette opinion.

« Si, contre mon attente, elle n'était point partagée par la majorité de ce corps, je ne vois point d'inconvénient, Monsieur, à ce que propose votre lettre, c'est-à-dire, à ce que vous soumettiez alors en personne les renseignemens qui vous ont obtenu l'assentiment de la presque unanimité de vos créanciers.

« J'ai l'honneur, Monsieur, de vous saluer bien sincèrement.

« *Signé*, DUMORTIER VANDERGHOTE. »

Cette lettre parle seule et n'a pas besoin d'explication; malgré cela et mes demandes réitérées, je ne fus pas entendu, par la raison que ce n'était pas la vérité que l'on cherchait, mais bien ma perte.

Deux opinions contraires s'étaient fortement prononcées dans la chambre du conseil : l'une pour, l'autre contre l'homologation ; pour que l'une triomphât de l'autre, pas un moyen ne fut négligé ; on n'avait rien à dire de plausible, on eut recours à la calomnie, *il en reste toujours quelque chose;* on éleva à ma charge les accusations les plus absurdes ; on dit, par exemple, que je venais d'acquérir à Tournay même une manufacture valant 300,000 francs, et beaucoup d'autres choses de cette force.

On vit des juges tenter de faire retirer la signature du principal créancier, de lui faire désavouer son mandataire ; c'est à l'aide de ces manœuvres que l'on trompa la religion de certains magistrats éminemment intègres, mais faibles ; je le prouverai tout-à-l'heure d'une manière irréfragable.

M. le président Boisacq voulait, lui, pour gagner du temps à sa manière, que tout le tribunal, juges et suppléans au nombre de neuf, prissent part à la délibération ; or, il est bon nombre de ces messieurs qui, jamais n'ont fréquenté le tribunal, ou qui le fréquentent à de longs intervalles, quand ils y ont un intérêt personnel, ou quand ils en sont requis par une de leurs bonnes pratiques ; voilà le tribunal de commerce de Tournay, il se borne à quelques personnes exactes, le reste n'est que pour la forme, c'est un fait que j'avance sans crainte d'être contredit. Cependant M. le président voulait les réunir tous, il savait que parmi les juges qui ne fréquentent pas, il y avait des meneurs qui m'étaient hostiles et des gens faibles capables de voter en conscience comme leurs amis, sans avoir vu une seule pièce du procès, ce qui est arrivé, comme on va le voir: Je dis en passant qu'aucun juge ne les a vus, tous ont eu foi dans ce rapport de M. Leconte.

Six semaines s'étaient écoulées depuis la signature du concordat, et M. le président Boisacq, l'homme aux poids et mesures, qui ne furent pas toujours justes, l'homme aux deux visages qui, quelques jours avant ma convocation de créanciers, me prodiguait des consolations à la campagne, qui, dans un but d'intérêt privé, me faisait mille protestations de dévoûment, s'il m'arrivait malheur, et qui le lendemain donnait à un de mes créanciers le conseil de me poursuivre; M. le président ne pouvait, disait-il, parvenir à réunir tout son monde en même temps, une raison ou une autre venait chaque jour mettre obstacle à ses désirs; en attendant, un temps précieux et irréparable s'écoulait pour moi, et l'on en était seulement à mettre en doute si le concordat intervenu en était un, oui ou non; enfin, il fut décidé que deux avocats seraient convoqués à la réunion générale, et qu'en cas d'affirmative sur la question préalable, on délibérerait sur l'opportunité de l'homologation.

J'avais demandé d'assister à cette séance, soit par l'entremise de mon conseil, soit par moi-même; M. Cherquefosse, un des syndics, avait aussi demandé à être entendu dans le but d'éclairer la conscience du tribunal. Le croirait-on? on passa outre, et dès que la question de l'existence du concordat eut été vidée, l'on n'en voulut pas savoir davantage; on n'ouvrit pas la discussion pour examiner la question avec calme; ce fut en vain que le juge-commissaire demanda la parole et protesta de toute sa force, ce fut en vain que les juges consciencieux demandèrent à être entendus, tout fut inutile. Trompée dans son espérance de faire écarter la proposition par une fin de non-recevoir, la majorité couvrit la délibération par des cris, et l'homologation fut rejetée à la majorité de six voix contre trois; je donnerai, dans le chapitre suivant, le jugement intervenu avec sa critique; en attendant, je dirai qu'une des personnes qui avaient assisté à la séance me dit en sortant : « J'y ai vu non pas un tribunal, mais un tripot; votre affaire est perdue; partez, je vous le conseille. »

A propos de cette séance, je ne puis m'abstenir de relater ici une lettre de M. Cherquefosse; la voici :

Tournay, 9 novembre 1841.

« A M. Boisacq, président du tribunal de commerce :

« J'apprends que le tribunal doit s'assembler aujourd'hui pour délibérer sur le concordat Quevauxvillers, et je ne suis point appelé.

« Pourtant j'avais demandé à être entendu, ma demande avait été accueillie, et une convocation avait même eu lieu dans ce but pour une réunion que l'absence d'un de messieurs les juges avait empêchée.

« Je ne prétends pas, Monsieur, m'immiscer dans les délibérations du tribunal, mais je tiens infiniment à lui faire une communication qui est de la plus haute importance, et le tribunal doit tenir à la recevoir.

« Je viens donc demander de nouveau à être entendu, pendant quinze minutes, à l'ouverture de la séance d'aujourd'hui.

« J'ai l'honneur, etc. »

CHERQUEFOSSE, *Syndic, etc.*

Cette lettre ne fut pas honorée d'une réponse, et puisque M. Boisacq a ainsi éludé d'entendre un syndic qui voulait parler, je vais suppléer à son mauvais vouloir, à son impolitesse; voici ce que M. Cherquefosse se proposait de dire en la chambre du conseil, où le syndic Leconte, lui, avait été mainte fois entendu (1).

## CHAPITRE IV.

J'ai lu quelque part qu'un Corse, voulant éterniser les effets de sa vengeance contre son ennemi, avait eu, avant de le poignarder, l'horrible idée de lui faire blasphémer Dieu, sous la fallacieuse promesse de la vie.

La méchanceté de la majorité du tribunal de commerce de Tournay ne peut-elle être comparée à la noirceur de ce misérable? S'il n'y a pas identité dans les faits, elle existe au moins dans les intentions; j'avais été mis à mort par la déclaration de faillite, mais

(1) Voir cette pièce à la fin de ce Mémoire.

le tribunal savait que j'étais homme à réparer mes pertes, et à me faire réhabiliter, il a voulu m'en ôter les moyens : il a voulu me condamner à un exil éternel; me priver à jamais du bonheur de la vie de famille. Oui, le tribunal savait que le refus d'homologation était une mort éternelle; et il n'a pas craint de m'en frapper en dépit de sa conscience, au mépris de l'intérêt de mes créanciers et de l'honneur de sept orphelins que j'ai élevés avec amour; voilà comme le tribunal de commerce de Tournay entend les devoirs de la magistrature consulaire qui est toute de prudence par son institution.

Voici le jugement intervenu :

Furent présens MM. Boisacq Spreux, président; Rose Olivier, Bron Lerat, juges; Charles Delye, greffier; 10 novembre 1841.

FAILLITE DE LOUIS QUEVAUXVILLERS.

« Le tribunal a prononcé comme suit en audience « publique : Vu le concordat intervenu le 30 sep- « tembre 1841, contre le sieur Louis Quevauxvillers, « failli, et ses créanciers, dûment enregistré. Vu la « demande adressée au tribunal par ledit sieur Que- « vauxvillers pour obtenir l'homologation de ce con-

« cordat. Attendu qu'aucune opposition n'a été formée « contre cet acte. Attendu que, néanmoins, aux ter- « mes de l'article 521 du Code de commerce, il ne « peut être fait aucun traité entre le failli et ses créan- « ciers, si l'examen des livres, papiers et actes du « failli donne quelques présomptions de banque- « route ; qu'aux termes de l'article 586 du même « Code, le failli sera poursuivi comme banqueroutier « simple, et pourra être déclaré tel : 1° Si les dé- « penses de sa maison, qu'il est tenu d'inscrire mois « par mois sur son livre journal, sont jugées exces- « sives ; 2° s'il est reconnu qu'il a consommé de fortes « sommes au jeu ou à des opérations de pur hasard. « Attendu que de l'examen du livre-journal tenu par « le failli pour indiquer ses paiemens et ses recettes, « il résulte que les dépenses de sa maison n'y sont pas « annotées d'une manière satisfaisante, que ces dé- « penses, eu égard surtout à la fortune qu'a jamais « possédée le failli, étaient notoirement excessives. « Attendu que tous les actes, livres et papiers du « failli, établissent que le sieur Quevauxvillers a con- « sacré des sommes énormes qu'il avait obtenues de « la confiance publique, à titre de banquier, à l'achat « de ces actions industrielles qu'un agiotage effréné « et réellement scandaleux mettait en circulation et « soutenait ; que tout homme prudent devait prévoir

« que la moindre crise financière aurait amené une « dépréciation extraordinaire dans la valeur de ces « actions, ainsi que l'évènement ne l'a que trop bien « justifié ; que les nombreux achats de ces actions, « faits par le failli, et qui ont seuls précipité sa ruine, « ne peuvent être qualifiés autrement qu'opération « de pur hasard.

« Attendu que de ce qui précède, il résulte qu'il « existe une présomption de banqueroute simple, à « charge du failli, qu'il ne peut dès-lors obtenir la « faveur qu'il réclame.—Pour ces motifs, le tribunal, « usant du pouvoir à lui attribué par la loi, dit: qu'il « n'admet pas d'accorder l'homologation du concor« dat prérappelé.

« Enregistré le 15 novembre 1841. »

En commençant la lecture de ce jugement, en voyant les premiers considérans mis en avant, on ne s'attendrait jamais à la conclusion ; mais tel qu'il est, je vais le combattre victorieusement, j'espère.

Je laisse à part les art. 521 et 586, que le tribunal invoque pour appuyer son rejet; je dirai seulement en passant que M. Dumortier Vanderghote, homme éminemment honorable et que je ne crains pas de citer comme le juge le plus instruit du tribunal, que

M. Dumortier Vandergothe ayant été nommé juge-commissaire, c'était à lui seul qu'il appartenait de connaître si les articles précités m'étaient applicables ou non : or, il a formellement déclaré le contraire; il a fait plus, il a protesté contre leur application, et le tribunal lui a fait l'affront sanglant de n'avoir aucun égard ni à son rapport ni à sa protestation; je doute que jamais pareil fait ait eu un exemple depuis l'institution des tribunaux de commerce.

Je vais maintenant passer à l'examen des attendus.

Le premier dit que mon livre-journal ne contient pas d'une manière satisfaisante l'annotation des dépenses de ma maison.

A cela je réponds, en thèse générale, qu'un homme qui, par calcul, se prépare à la faillite, ne manque pas aux plus minutieux détails qui peuvent le protéger ou le compromettre; et je n'ai besoin de dire à personne que ce n'était pas là mon fait; du reste, mes dépenses de maison étaient exactement signalées dans mon livre de caisse, et quant aux grosses dépenses on les trouvait dans mes quittances qui existaient chez moi dans l'ordre le plus parfait; il n'en manque pas une seule de tout le temps que j'ai habité Tournay.

Quant au chiffre de ces dépenses, les syndics ont déclaré dans leur rapport précisément le contraire du jugement. Le tribunal prétend que mes dépenses excédaient les ressources de ma fortune; son opinion, il la prend dans le travail d'un syndic qui a lui-même signé le contraire, d'un syndic qui n'a cherché partout que des moyens de nuire. M. Leconte ne s'est pas donné la peine de relever mes pertes; il n'a pas eu le moindre égard aux immenses frais et aux sacrifices de toute nature que j'ai eus à supporter pendant ces deux terribles années, et que tout le monde a parfaitement conçus à l'exception du tribunal : d'ailleurs on en jugera plus loin au chapitre du bilan.

Le second attendu dit que j'ai consacré à des opérations de pur hasard de fortes sommes que j'avais reçues à titre de banquier de la confiance publique.

D'abord je dirai, relativement à la confiance publique qui met ses fonds chez un banquier, qu'elle ne les y met pas en dépôt; elle les y place pour avoir l'intérêt de son argent, sans spécifier l'usage qu'il doit en faire : ce qui serait absurde.

Et pour ce qui est des actions industrielles, que l'on a considérées comme jeu de bourse, je demanderai si une acquisition faite par spéculation soit en actions, soit en marchandises, soit même en fonds publics, et que l'on garde après les avoir payés, peut jamais être considérée comme un jeu? S'il en est ainsi, tout est jeu dans le commerce, il n'y a plus de spéculations possibles (1).

Quant aux actions en elles-mêmes, je demanderai si des sociétés créées sous l'approbation spéciale du gouvernement dont les statuts n'étaient approuvés qu'après un mûr examen et que le gouvernement avait pris l'engagement de surveiller, je demanderai si ces sociétés devaient ou non inspirer la confiance? J'abandonne la réponse à faire à cette question au public impartial; mais je ferai cependant la remarque que la banque de Belgique qui a créé bon nombre de ces actions, et qui en avait ses caisses pleines à l'époque de sa suspension de paiemens, que la banque de Belgique qui a été la cause involontaire sans doute de ma ruine, non-seulement n'a pas été poursuivie en vertu de l'article 586, mais a reçu du gouvernement argent et protection pour l'aider à se relever; et moi, victime, moi qui ai tout perdu, fortune et position, qui ai tout sacrifié pour l'honneur et qui n'ai demandé qu'un peu de repos pour réparer le mal, je serais traîné aux gémonies, et ce serait là de la justice! Non, les hommes peuvent être égarés par la passion ou par

(1) Notons encore ici que les deux syndics ont signé un rapport où ils disent, en toutes lettres, que je ne me suis rendu coupable d'aucun jeu de bourse.

l'erreur, mais la justice existe, elle réside dans l'opinion publique, et c'est à elle que j'en appelle. Quant à ma conscience, j'y puis descendre avec confiance, elle ne me reproche rien.

## CHAPITRE V.

Richelieu disait : « Donnez-moi trois lignes de « l'écriture d'un homme, et j'y trouverai de quoi le « faire pendre. »

Le tribunal de commerce de Tournay n'avait plus rien à dire après le rapport du juge-commissaire et après un concordat sans opposition; on n'avait trouvé dans mes livres et dans la conduite de toute ma vie aucun fait qui ait pu servir d'appui au refus d'homologation, mais il avait l'article 521 et s'y retrancha.

Dès que j'eus connaissance du jugement, je partis de Tournay où je n'étais resté que parce que j'y étais utile dans le cas d'homologation. J'écrivis de Lille à M. Dumortier Vandergothe pour l'informer que j'allais interjeter appel du jugement du tribunal de commerce; voici la réponse que j'en ai reçue et que je transcris ici dans toute son étendue.

Tournay, 26 novembre 1841.

«MONSIEUR QUEVAUXVILLERS A LILLE.

« J'ai reçu en son temps, monsieur, la lettre que vous m'avez adressée le 21 de ce mois, et par laquelle vous m'informez que vous aller interjeter appel du jugement du tribunal de commerce de Tournay relatif à l'homologation du concordat consenti par la majorité de vos créanciers; il sera bien alors, monsieur, que vous le fassiez de suite et que vous activiez autant que possible la solution de cette affaire, car, bien que ce jugement précité du tribunal de commerce soit *exécutoire nonobstant opposition ou appel*, je ne crois point, monsieur, que les syndics interprètent ces mots dans le sens d'une obligation qui leur incomberait de le rendre exécutoire de suite, mais bien comme une faculté de le faire au besoin; or, ce besoin ne me paraît pas démontré tant et si long-temps que vos créanciers ne poursuivent point l'expropriation des immeubles.

« Voilà mon avis en qualité de juge-commissaire à

votre faillite, avis que je maintiendrai près de l'administration de votre faillite et de mes collègues du tribunal.

« Quant à mon rapport au tribunal dans la question d'homologation, il a été verbal; je dis à mes collègues que non-seulement je ne m'opposais point à l'homologation par vous demandée, mais que je pensais encore que le tribunal ne pouvait se dispenser d'homologuer dans l'espèce.

« Quelques incidens étant venus, vous le savez, monsieur, se jeter ensuite à la traverse, j'avais pensé, avec le tribunal, que la convention intervenue entre vos créanciers et vous, n'ayant pas tout le caractère d'un concordat, il n'y avait peut-être point lieu à homologation; pour éclairer ce point de droit, deux jurisconsultes ont été appelés sur ma demande; tout le tribunal, réuni le 9 de ce mois, en a longuement conféré avec eux dans la salle des délibérations, depuis six heures jusqu'à sept heures et demie du soir; ces deux jurisconsultes ont été d'avis que le tribunal pouvait homologuer dans l'espèce; et comme ce pouvoir d'homologuer, qui entraînait en même temps le pouvoir de ne point homologuer, n'a point suffisamment, selon moi, occupé ensuite la délibération du tribunal sur l'application qu'il en allait faire, comme il a passé immédiatement à un vote que je regarde comme irrégulier, je me suis abstenu d'y concourir.

« J'ai fait plus, j'ai protesté le lendemain contre l'irrégularité de la veille; malheureusement ma protestation, qui n'a pu parvenir qu'à midi au tribunal, et que des empêchemens d'affaires personnelles m'avaient interdit de rédiger plus tôt, n'est point arrivée en temps utile. Le même empressement que le tribunal avait mis la veille dans sa décision, il l'apporta le lendemain dans la rédaction de son jugement, et cette promptitude inusitée de sa part empêcha que non-seulement les syndics, mais le juge-commissaire lui-même fussent entendus.

« Si quelque chose pouvait faire regretter à la majorité du tribunal cette promptitude de décision, c'est qu'il appert de certaines pièces qui lui ont été communiquées extrajudiciairement depuis lors, que le regret d'avoir signé le concordat, qu'on attribuait à M. le comte de Nedonchel, n'existait pas, et que ces dires, qui ont dû influer sur la détermination du tribunal, étaient le résultat de singuliers malentendus entre ledit M. de Nedonchel et un juge suppléant du tribunal, dans une conversation qui n'avait d'ailleurs rien d'officiel et qui avait eu lieu chez l'un de ces deux messieurs peu de jours auparavant.

« Voilà, monsieur, ce que je crois devoir vous déclarer autant dans votre intérêt, dans celui de la vérité, que pour satisfaire au désir que m'exprime votre susdite lettre.

« J'ai l'honneur, monsieur, de vous saluer bien sincèrement,

« *Signé*, DUMORTIER VANDERGOTHE,

« *Juge du tribunal de commerce de Tournay, commissaire de la faillite de M. Quevauxvillers.* »

Cette lettre, qui résume tout ce que j'ai dit plus haut de la passion qui a présidé au jugement de Tournay, me donnant toute espèce de tranquillité sur l'issue de mon pourvoi en appel, je l'envoyai à mon avocat pour en faire tel usage qu'il jugerait convenable, et je revins à Paris plein de confiance dans la justice de ma cause. Trois mois environ se passèrent avant que je reçusse la moindre nouvelle de cette affaire; j'étais tranquille et aurais cru indigne de moi, de faire la moindre démarche tendant à influencer la justice; je m'en rapportais à sa décision, comme doit le faire tout honnête homme; mais M. Leconte ne restait pas oisif, il eut la déloyauté d'aller trouver le procureur général à Bruxelles, il se présenta vis-à-vis de ce magistrat en sa qualité de syndic et comme l'organe du tribunal de Tournay, pour demander le maintien du jugement. Je livre au public ce fait dans toute sa nudité ; qu'il le juge.

Je ne dis pas que cette démarche déloyale a influencé l'opinion de la cour d'appel, je n'en sais rien ; mais il est de fait que M. le procureur général, malgré la plaidoirie de mon avocat, porta ses conclusions pour le maintien du jugement ; la cour avait tenu la cause en délibéré et avait ordonné, pour le mercredi suivant, la production des livres et de certaines pièces qu'elle voulait consulter.

Informé à Paris de toutes ces circonstances, je courus à Bruxelles dans l'intention de me défendre moi-même et de réclamer au moins la faveur d'être entendu en chambre de conseil. J'exprimai ce vœu à M. Messine, un des conseillers qui siégeaient dans ma cause ; il me promit d'en parler immédiatement à la cour, et suis certain qu'il l'aura fait. Je restai toute la journée à disposition, sans oser sortir ; je ne reçus aucune nouvelle. Dans la soirée, M. le président fut informé qu'une requête de mes créanciers, demandant l'homologation, allait arriver et que j'étais à la complète disposition de la cour pour répondre victorieusement à tout.

Le lendemain matin je fus condamné sans avoir

été entendu, et la requête de mes créanciers arriva quelques heures après le jugement rendu. Je le répète, je n'accuse pas la cour d'appel d'avoir été influencée par les démarches de M. Leconte, mais elle aura jugé sur les faits posés dans le jugement de Tournay, s'en s'enquérir s'ils étaient vrais ou faux, si la passion n'avait pas remplacé la justice, parce qu'il n'entre pas dans la pensée des honnêtes gens, de croire à la possibilité d'une partialité aussi révoltante de la part d'un tribunal qui a fait serment de juger sans haine et sans passion.

Quoi qu'il en soit du jugement de Bruxelles, je m'incline devant lui, en observant qu'il a été rendu à une majorité de trois voix contre deux (1); mais j'abandonne à la conscience des juges de Tournay

(1) J'apprends aujourd'hui seulement que la requête envoyée à Bruxelles, par M. Cherquefosse, était signée de MM. de Nedonchel, Phillippart Vandris, Phillippart Henry, Chuffart, DeshayeV erdure, Vanduyn fils, Carré, et que M. Leconte était parvenu à obtenir une autre requête signée de M. Nedonchel et de deux ou trois autres créanciers, cette requête concluant à ce que la cour confirmât le jugement de Tournay. Ceci est une nouvelle prévarication de M. Leconte, car la majorité des créanciers ayant voté le concordat, il ne pouvait sans méfait, en qualité de syndic, se joindre à la minorité pour combattre ce que l'autre syndic faisait au nom de la masse créancière; faut-il s'étonner que la cour d'appel ait penché pour la confirmation du jugement de Tournay? surtout lorsqu'on sait que plusieurs juges de cette ville appuyaient de tous leurs moyens les efforts du syndic dissident.

tous les malheurs qu'ils ont accumulés sur ma tête, et le tort qu'ils ont fait à mes créanciers; tôt au tard cette conscience leur en demandera compte.

## CHAPITRE VI.

Ayant passé en revue tous les points principaux de ma catastrophe, je ne dois pas négliger de dire un mot sur mon bilan, et de prouver que l'ignorance et la même partialité ont présidé à sa formation.

Lorsque je convoquai mes créanciers, la pensée d'une mise en faillite était tellement éloignée de mon esprit, que je n'avais point dressé de bilan; je m'étais contenté de présenter à l'assemblée un simple état de situation pour les mettre à même de juger quel parti il y avait à prendre. Si l'on m'avait alors exprimé le désir d'avoir un bilan, je l'aurais fait comme il doit l'être, c'est-à-dire avec une feuille de pertes et les pièces à l'appui; mais une commission m'ayant été donnée pour opérer la liquidation conjointement avec moi, le premier ouvrage qui eût été fait sous ses yeux eût été un bilan régulier.

Plus tard, lorsque le concordat intervenu m'accordait encore la commission que j'avais demandée de prime abord, c'est encore le bilan qui devait être l'objet de nos premiers soins; c'était chose convenue entre la commission et moi, et M. Chuffart, qui en était le président, avait même hautement déclaré que ce document serait imprimé et distribué à tous les intéressés : c'était là sa volonté, et en même temps mon désir le plus ardent; car c'était pour moi le moyen de prouver au public que si j'avais succombé, c'est qu'il avait été impossible de résister à la série de malheurs qui m'ont simultanément accablé.

On me demandera pourquoi je n'ai pas moi-même fait ce travail pendant mon dernier séjour à Tournay; je viens de le dire, parce qu'il devait être fait sous les yeux de la commission, et que rien ne pouvait me faire prévoir que le tribunal de commerce refuserait d'homologuer le concordat; sans cela, je l'aurais fait et publié moi-même.

Il n'y avait donc point de bilan lorsque j'ai été mis en faillite : c'était bien le cas, je pense, de me rappeler à Tournay pour en faire un, ou pour fournir au moins tous les titres et les renseignemens nécessaires à sa formation; mais on n'en fit rien, M. Leconte préféra s'en charger et le dresser à sa manière.

Il est bien vrai qu'il m'écrivit pendant mon séjour à

Saint-Amand la lettre dont voici la copie exacte.

« Tournay, 3 novembre 1840.

« MONSIEUR QUEVAUXVILLERS,

« Ayant toujours fait ce que j'ai pu pour arranger vos affaires et améliorer votre sort, je vous préviens que je ferai tout ce qui dépendra de moi pour adoucir vos peines ; ainsi, si vous avez besoin de sauf-conduit ou autre chose, faites-le-moi demander par M$^{me}$ Getelet, je m'empresserai de tout cœur de vous être agréable. »

Mais cette lettre n'était point signée, sans doute dans la crainte de se compromettre, ou pour me tendre un piège.

Quant aux protestations de dévoûment de M. Leconte, j'avais, comme on a pu le voir, certaines raisons de douter de leur sincérité.

M. Leconte dressa donc mon bilan; mais comment le fit-il? sans aucun titre de propriété, en donnant à ces dernières une estimation vénale, sans s'enquérir si cette estimation me constituait en perte; en donnant aux actions industrielles une valeur qui peut bien avoir été celle de l'époque, mais sans rechercher dans mes livres ce qu'elles m'avaient coûté et sans établir la différence énorme qu'elles présentaient au bilan : la chose eût cependant été fort facile; il suffisait de le demander à la banque de Belgique, qui le lui aurait dit d'abord, en remontant à l'époque du dépôt primitif : par là il s'évitait la peine, que d'ailleurs il n'a pas prise, de faire cette vérification dans ma correspondance et dans mes livres. Il ne s'est pas non plus rendu compte des sommes énormes que j'ai payées jusqu'au dernier jour à titre d'intérêt et de commission; il le pouvait cependant, en examinant les comptes courans de la banque de Belgique depuis deux ans, ceux de la société générale depuis un an, enfin ceux de mes autres correspondans; s'il avait considéré le chiffre énorme prélevé sur dépôt d'actions, il aurait vu que les intérêts payés exactement et jusqu'à la fin sur mes actions en dépôt avaient absorbé une somme considérable.

M. Leconte n'a pas non plus fait entrer dans la balance mes frais de maison, de bureau, et d'un voyage continu pendant deux ans, mes frais de construction (dont une seule à la campagne s'élève à 50,000 fr., ainsi qu'il conste d'un certificat de Me Payen remis à Me Duquesnoy), la perte éprouvée sur mes deux mobiliers (et que j'estime à plus de 20,000 fr.) : tout cela il pouvait en partie le relever dans mes quittances et apprécier le reste, c'est-à-dire les frais de voyage.

Si M. Leconte avait fait tout cela comme un syndic doit le faire, il aurait fourni la preuve que les pertes de toute nature que j'ai eues à supporter pendant deux ans, sans gagner un franc, se sont élevées à plus d'un demi-million, et qu'il ne serait possible à personne de résister à un pareil choc. Si M. Leconte avait fait cet examen, il aurait vu que ma fortune était considérable avant le malheureux événement qui a causé ma ruine, et qu'une dépense de 6,000 fr. l'an était au-dessous de mes ressources. Tout ce que j'avance ici, le syndic définitif, s'il veut s'en donner la peine, pourra le vérifier, et, dans ce cas, je lui donnerai les renseignemens nécessaires pour éclairer sa marche.

L'on me demandera pourquoi mes livres ne contenaient pas un compte de profits et de pertes, qu'alors il eût été facile de faire figurer ces dernières dans mon bilan.

A cela, je réponds d'abord ce que j'ai déjà dit, que je n'ai pas arrangé mes livres pour être mis en faillite, c'était à mille lieues de ma pensée; et ensuite, dans les derniers temps, il ne s'agissait pas pour moi de calculer le chiffre de mes pertes journalières, mais bien d'arriver à payer tout le monde à péril de me trouver complétement ruiné, ce qui m'était indifférent, pourvu que je ne laissasse personne en souffrance; mais je n'ai pas eu ce bonheur, par la raison que mes dernières ressources m'ont manqué.

Le bilan de M. Leconte n'est donc qu'un état de situation de l'époque où il l'a dressé, et encore n'est-il pas exact, comme je l'aurais démontré, s'il y avait eu lieu, mais en le prenant tel qu'il est en a-t-on tiré tout le parti possible? Non, on a multiplié les frais, et finalement on a compromis tout ce qui est à réaliser en privant mes créanciers de mon expérience et de mes connaissances pour opérer la liqui dation de l'actif; si je n'avais pas été mis en faillite, cette liquidation serait terminée depuis long-temps et sans frais; j'aurais énormément diminué le passif par mes démarches et mon travail, et j'aurais évité peut-être l'énorme perte qui va résulter encore de ma situation particulière vis-à-vis d'un de mes correspondans de Paris, qui tient en garantie du solde de mon compte, des valeurs industrielles pour un chiffre environ double de mon débet.

Cependant ces valeurs industrielles peuvent être employées dans ma liquidation à leur valeur nominale, c'est-à-dire mille francs pour mille francs.

De tout ce qui précède, je conclus que si mes créanciers perdent une grande partie de leur créance et jusqu'à l'espoir de les recouvrer jamais, ce n'est pas à moi qu'ils doivent s'en prendre, car j'ai toujours eu et j'aurai jusqu'à ma dernière heure le désir de les satisfaire complétement : Dieu seul connaît si j'en aurai la possibilité.

## CHAPITRE VII.

Je ne dois pas terminer ce mémoire sans rencontrer les reproches qui m'ont été adressés depuis ma catastrophe, et au moyen desquels on prétend justifier, je ne dirai pas la sévérité, mais la barbarie que l'on a déployée contre moi; je parlerai d'abord de celui que j'ai le plus généralement reçu.

L'on m'a reproché de n'avoir pas suspendu mes paiemens en même temps que la banque de Belgique; sans doute si je l'avais fait alors je n'en serais pas réduit au point où je suis, car j'aurais évité de grands sacrifices et de grandes pertes; mais un homme de cœur ne se rend pas sans combattre, il se résigne aux plus pénibles sacrifices pour garder intact l'honneur de son nom, et je voulais transmettre à mes neveux, qui arrivaient à leur majorité, le mien pur de toute tâche, voilà pourquoi j'ai combattu jusqu'au bout.

L'on m'a reproché d'avoir exposé des sommes considérables dans des opérations industrielles dont tout devait faire présager la chute. J'ai dit plus haut les motifs qui m'avaient fait croire à la moralité et à la solidité de ces actions; j'ai été trompé, et il est résulté de ma méprise que j'avais commis un grand acte d'imprudence, je l'avoue franchement; mais cette imprudence n'a été constante qu'après l'évènement. J'avais en main beaucoup de capitaux qu'il me fallait utiliser pour en servir les intérêts, et le moyen n'est pas facile à Tournay. Tout le monde avait confiance dans ces actions, j'ai partagé l'erreur commune, voilà mon crime; d'ailleurs ces actions donnèrent de beaux bénéfices vrais ou faux pendant quelques années; je m'en trouvais bien; et raisonne-t-on toujours dans la fièvre du succès?

L'on a dit que j'avais engagé dans ces opérations une somme supérieure à ma fortune; cela n'est pas exact, car les plus grandes pertes que j'ai faites ont été le résultat des sacrifices et des frais de toute nature que la malveillance m'a forcé à faire.

J'ai répondu dans le chapitre précédent aux reproches d'avoir dépensé en frais de maison une somme supérieure à mes ressources; je ne dirai donc qu'un mot relatif à mon mobilier; il était en harmonie avec ma position et ma fortune; et si l'on a critiqué sa richesse, c'est que j'ai eu la loyauté de n'en pas soustraire une pièce, pas même de mon argenterie.

Quant à l'acquisition de ma maison de ville, je l'ai dit plus haut, c'était dans tous les cas une faute puisqu'elle me constitua dans des frais considérables de réparation, de construction et d'ameublement; mais je l'ai dit aussi, ce n'avait été d'abord qu'une spéculation, et j'aurais dû m'y borner; mais je ne m'attendais pas à la catastrophe qui a suivi aussi immédiatement mon établissement dans cette maison.

Au reproche d'ambition que l'on a dit avoir été le mobile de ma vie, je répondrai que je n'en ai jamais eu d'autre que celle du dévoûment; tout ce que j'ai fait doit en fournir la preuve, et si j'ai désiré la fortune, ce n'est point pour moi qui ai des goûts simples et qui sais vivre de peu, mais dans le but unique d'être utile et de prodiguer ma fortune en actions généreuses. Si c'est de cette ambition-là que l'on parle, je l'ai eue, je l'avoue, à un suprême degré, et si mes malheurs me pèsent aujourd'hui, c'est qu'ils m'ont réduit au néant, c'est qu'ils m'ont privé de la douce jouissance de suivre en cela les impulsions de mon âme.

Telle est ma réponse aux reproches qui m'ont été

faits; mais j'y ajouterai une réflexion, qui n'aura échappé à personne, et que voici :

Que l'on soumette tout le commerce de Tournay au quart de l'épreuve que j'ai eue à soutenir, et l'on me dira combien, dans un an, il restera de négocians à la tête de leurs affaires, combien d'honnêtes gens, considérés aujourd'hui et avec raison, auront été mis dans le cas d'être traduits au tribunal correctionnel en vertu de l'art. 586 du code de commerce. *Proh dolor!*

## CHAPITRE VIII ET DERNIER.

En terminant ce mémoire, j'éprouve un besoin d'exprimer ma reconnaissance à toutes les personnes qui m'ont été utiles dans ces terribles évènemens; il en est beaucoup que je ne puis nommer, parce que je suis certain que leur modestie en souffrirait; mais si je ne décline pas ici leurs noms, elles n'en doivent pas moins compter sur un sentiment de gratitude éternel que je leur ai voué et dont je leur donnerai des preuves à l'occasion; mais si je dois garder le silence sur ces nobles amis, il en est d'autres à qui je puis sans inconvénient adresser l'expression publique de ma reconnaissance.

Je mettrai en première ligne M. Dumortier Vanderghote, juge-commissaire en ma faillite, ainsi que M. Cherquefosse, un de mes syndics. Ces messieurs ont montré dans leurs relations avec moi, toute la délicatesse que comportait leur position relative; ils ont su allier, sans y manquer, la sévérité du devoir aux égards que l'on doit au malheur; je les en remercie.

J'ai aussi à adresser des remercîmens tout particuliers à M. le comte Meeus, gouverneur de la Société générale, ils lui sont dus à juste titre, car il a fait pour moi, dans cette malheureuse crise, tout ce que son devoir lui permettait de faire; je n'ai jamais reçu de lui et de M. Drukman, secrétaire de la Société de commerce, que des marques d'intérêt et de bienveillance.

M. Zanna, directeur de la Banque foncière, ainsi que tout le personnel de l'administration, ont aussi des droits sacrés à ma reconnaissance; je les remercie, dans toute l'effusion de mon cœur, de la confiance qu'ils m'ont accordée pendant toute la durée de nos relations; elles ne m'ont jamais rien offert que d'agréable, j'en conserverai toute ma vie le précieux souvenir.

Je termine en faisant des vœux de prospérité et de bonheur, pour mes amis particuliers et pour tous mes concitoyens en général; je les remercie des témoignages d'affection que j'en ai reçus dans tous les temps, et les prie de me garder leur estime, car j'ai la conscience d'en être digne. J'ai essuyé d'affreux malheurs, mais ils ont été le résultat d'une catastrophe indépendante de ma volonté. Je n'ai plus rien, parce que la malveillance m'a ruiné, je devrai beaucoup, parce que l'on s'est refusé à me laisser moi-même opérer ma liquidation, parce que mes propriétés et mon actif seront liquidés à grosses pertes, parce que l'on m'a forcé à des sacrifices considérables et de toute nature; je pourrais dès-lors me considérer comme libéré envers tout le monde, mais telle n'est pas mon intention, que mes créanciers se rassurent, je n'abandonne pas la partie, malgré l'affreuse position que le tribunal de commerce m'a faite; je n'ai plus rien, mais il me reste une âme de fer capable de livrer derechef un corps robuste au travail le plus opiniâtre. Je suis fier des sympathies que j'emporte, elles soutiendront mon courage; et un jour viendra, j'espère, où je reverrai mes concitoyens, fût-ce même au déclin de ma vie, alors je reviendrai dire à mes ennemis, je vous pardonne; aux autres, venez recevoir, avec les témoignages de ma gratitude, tout ce que je vous redois, capital et intérêts : tels sont mes vœux, telle est ma volonté inébranlable. Mais si Dieu en décidait autrement, si la mort me surprenait au milieu de ma course, avant que j'eusse rempli la noble tâche que je m'impose, les personnes que malgré moi je laisse en souffrance peuvent être certaines d'une chose, c'est qu'en quelque endroit du monde où mes malheurs et mon but me conduiront, tout ce que je laisserai en mourant sera leur propriété; en attendant, je les prie de recevoir mes remercîmens pour le bon vouloir qu'ils m'ont montré jusqu'au bout, et finis en leur disant — *Au revoir.*

Que Dieu bénisse la cité de Tournay!

LOUIS QUEVAUXVILLERS.



Paris, 1er avril 1842.

# APPENDICE.

RAPPORT QUE M. LE SYNDIC CHERQUEFOSSE DEVAIT LIRE AU TRIBUNAL DE COMMERCE, S'IL AVAIT ÉTÉ ENTENDU (1).

Vous êtes ici assemblés pour entendre l'exposé des faits et circonstances de la faillite Quevauxvillers propres à éclairer votre conscience et à déterminer votre décision sur la question de savoir si les fautes qui, de l'aveu général, ont été commises par le failli, sont de nature à le rendre indigne du concordat qu'il a obtenu de ses créanciers.

Vous attachez beaucoup d'importance à cette question, on le conçoit. La faillite présente un passif énorme : des créanciers subissent des pertes considérables, l'une des créances s'élève à 126,000 fr. Le failli, dans les accès d'une folle va-

(1) Je copie exactement le rapport de M. Cherquefosse parce qu'il ne m'appartient pas d'y rien changer, ce n'est pas à dire pour cela que je passe condamnation sur ce qu'il avance sans preuve aucune, je dirai même que j'oppose la dénégation la plus complète à ce qu'il dit des motifs qui m'ont dirigé, car je ferai la remarque que M. Cherquefosse n'étant que syndic légiste n'a rien vu de mes affaires, et qu'il n'est jamais entré chez moi avant ma catastrophe; il n'a pu former son opinion que sur les dires de M. Leconte et sur son travail, il n'est donc pas étonnant qu'il soit dans l'erreur sur tout ce qui me concerne.

nité ou bien dans des calculs imaginés pour consolider son crédit, avait provoqué, par le luxe de son ameublement, la critique des personnes positives et clairvoyantes; il s'était aliéné l'esprit de ses concitoyens par des allures qui ne sont pas dans les mœurs tournaisiennes et que la roue de fortune pouvait seule justifier; bref, L. Quevauxvillers est déchu; les représentans du commerce, je veux dire les magistrats consulaires, sont appelés à le juger; permettez, messieurs, que je vous félicite de n'avoir pas précipité votre décision : vous n'aviez pas pleine connaissance de cause, et sans cette condition votre jugement aurait pu faire une trop grande part aux créanciers ou au débiteur; vous auriez pu pécher en sévérité ou en indulgence.

Il appartient aux syndics de vous éclairer; c'est leur mission, c'est leur devoir; ils partageront avec vous la responsabilité du jugement que vous aurez prononcé.

Je vais vous faire l'historique succinct de ce qui s'est passé depuis l'ouverture de la faillite jusqu'aujourd'hui.

Au début de nos fonctions, lors de l'inventaire dressé à la maison rue des Clairisses, où se trouvaient les livres et papiers du failli, M. Leconte prit possession de ces objets, et ce fut de mon avis : je pensais que l'examen des livres et papiers appartenait principalement à celui des syndics qui était négociant.

M. Leconte se mit à l'œuvre, et en novembre et décembre 1840, M. le juge-commissaire, M. Petit, que je m'étais adjoint, et moi, nous nous assemblâmes plusieurs fois en la demeure de mon honorable collègue. Là on examina les livres, la correspondance; on discuta superficiellement quelques affaires importantes; on appela le commis principal du failli pour lui demander des explications, et en définitive on reconnut la nécessité de faire un grand travail qui fut confié principalement aux soins de MM. Petit et Leconte.

Mainte fois je me suis applaudi d'avoir, en cette occurrence, appelé à mon aide un homme aussi capable, aussi juste que M. Petit.

Dans le cours du travail de ces messieurs, M. Petit et moi, qui conférions fréquemment avec M. le juge-commissaire, nous résolûmes d'appeler le failli pour lui demander des explications, et comme on pouvait présumer qu'il redouterait le ministère public, je fis des démarches au parquet de M. le procureur du roi, pour obtenir une sorte de sauf-conduit; mes sollicitations n'eurent point de succès.

Je proposai en conséquence au failli un rendez-vous sur le territoire français; il accepta, et le 7 juin 1841, M. Petit et moi nous nous abouchâmes avec le failli dans un hôtel de la ville de Lille; nous étions munis de quelques registres et papiers.

Nous avions invité M. Leconte à nous accompagner; il n'avait pas accepté.

Cette première conférence avec le failli, laissant beaucoup à désirer, nous lui posâmes des questions, et il y répondit par une lettre qu'il m'adressa de Paris, le 24 juin 1841.

Cette lettre fut communiquée par moi à cette époque à MM. Dumortier Vanderghote, Petit et Leconte.

Cette même lettre semble faire les délices de M. Leconte; nous la lirons tout-à-l'heure.

A l'époque où il fut question de convoquer les créanciers, aux termes de l'article 517 du Code de commerce, pour leur exposer *l'état de la faillite, les formalités qui avaient été remplies, les opérations qui avaient eu lieu*, je croyais qu'au jour fixé, le 16 août 1841, les syndics se conformeraient à cette disposition de la loi; mais M. Leconte prit la parole pour lire la lettre ci-dessus du failli, en date du 24 juin 1841.

Après cette lecture, longue, fastidieuse et inutile, M. Leconte lut à l'assemblée un rapport qui avait été fait un mois auparavant pour M. le juge-commissaire qui l'avait requis.

Ce rapport n'a jamais été daté; il est l'ouvrage de M. Leconte seul : il est revêtu de sa signature. M. Leconte ayant fait présenter cette pièce à ma signature, je la lui retournai non signée. Il me l'apporta de nouveau, et, sur son observation, qu'il convenait qu'un rapport fût signé par les deux syndics, je le signai avec la déclaration suivante : « Je me joins « à M. Leconte, et m'en rapporte à l'examen qu'il a fait des « registres dont il s'occupe spécialement. »

Après la lecture de ce rapport, le failli, qui était présent, demanda à répondre; mais l'assemblée cédait à la fatigue; elle s'ajourna au 26 du même mois pour entendre le failli.

M. le juge-commissaire ordonna que le rapport fût communiqué au failli avec tous les documens qu'il réclamerait.

Il obtint à grand'peine cette communication, et comme il ne l'avait pas complète le 23 août, il recourut à l'autorité de M. le juge-commissaire, qui subit l'outrage sanglant constaté par son procès-verbal dudit jour.

Je présume, messieurs, que cette pièce ne vous est pas inconnue; mais je doute que vous en connaissiez toute l'importance.

Des procédés si odieux devaient faire éclater entre les deux syndics une rupture que j'avais évitée jusque-là, en opposant à de nombreuses grossièretés d'un collègue mal élevé une philosophie, une patience, fruit de dix-huit ans de pratique au bureau; mais quand cet honorable collégue eut dépassé toutes les bornes, quand il vous eut outragés vous-mêmes dans la personne de votre représentant, quand il eut abusé scandaleusement de la confiance que vous lui aviez accordée, dès-lors mon devoir était tracé. Je ne pus voir en lui qu'un ennemi personnel du failli, un administrateur déloyal, hostile à la vérité; je ne pouvais, sans me ravaler jusqu'à lui, livrer à sa perfidie un homme dont vous nous aviez chargés d'explorer la conduite avec l'impartialité qui est de l'essence de la magistrature; car nous étions vos délégués. Un syndic est un homme qui a mission de rechercher, d'apprécier; il est en quelque sorte un juge instructeur du tribunal de commerce. On est en droit d'exiger de lui la bienveillance, l'intégrité du magistrat. Il faut que les rapports qu'il fait à ses commettans soient l'expression de la plus exacte vérité; il faut qu'il parle sans haine et sans crainte; il faut pour remplir cette mission des hommes exempts de passion, désintéressés, loyaux, indépendans. Votre choix a été malheureux : l'un de vos syndics est créancier. Quand il faisait partie d'une commission nommée par la masse créancière immédiatement avant le jugement de faillite, il fit au failli des propositions honteuses. Les créanciers lui avaient confié leurs intérêts, il ne s'occupa que des siens propres; et de plus, il procéda à une vente mobilière la veille du jugement de faillite, de telle sorte qu'un négociant en vins le menace d'un procès relativement à une partie de vins qui paraît avoir été volé .

Maintenant, messieurs, je vais vous communiquer avec franchise quelques réflexions bien pénibles. Le failli vous a présenté requête à fin d'homologation du concordat qu'il a obtenu de ses créanciers. Je me suis joint à lui, au nom de ces derniers. Vous vous êtes assemblés plusieurs fois. Des bruits ont circulé. Le syndic Leconte a été interrogé, consulté : il a élevé de nouveaux griefs contre le failli; il a été admis en la chambre du conseil. Moi, messieurs, pas un seul mot ne m'a été adressé. La réunion de ce jour a été sollicitée par moi; si je ne l'avais pas provoquée, sans doute vous eussiez jugé sans m'avoir entendu.

Eh bien! je le dis hautement, vous aviez deux syndics, un qui est homme d'honneur; un qui a signé sa turpitude, qui est reconnu coupable de tous les méfaits que puisse commettre un administrateur; ainsi il y avait une source impure, c'est là qu'on a puisé; on vous a abusé au point de vous faire prêter l'oreille à celui de vos deux délégués qui était évidemment indigne de votre confiance, à celui que la masse créancière avait écarté après avoir reconnu son incapacité, sa déloyauté. Dire ici ce qui s'est passé à la deuxième assemblée : on m'a nommé seul directeur à l'abandonnement, et quand on a nommé une commission, la masse créancière a compris ce qu'elle devait à M. le juge-commissaire, elle m'a accordé une réparation qui m'était due; il m'en faut une encore, il faut que vous décidiez entre Leconte et moi; il faut que vous disiez, quand vous aurez entendu un honnête homme, quand vous aurez entendu M. Petit, il faut que vous disiez si la masse créancière a eu tort quand elle m'a préféré à un pareil homme; si M. le juge-commissaire, si M. Petit ont tort de me continuer leur estime; il faut que vous disiez auquel des deux syndics vous donnez la préférence; il faut que tout le monde sache lequel de vos deux mandataires vous trompe, si c'est Leconte ou si c'est moi.

Pour que rien ne vous manque sur cette question, j'ai encore quelque chose à dire : je sais fort bien qu'un certain cercle m'accuse d'avoir été trop indulgent pour le failli; mais je sais aussi qu'un autre cercle condamne Leconte comme coupable d'hostilité envers lui. Nous avons de quoi apprécier ces deux opinions ; et d'abord, je ne me défends pas d'avoir fait pour le failli ce que j'ai toujours fait, ce que je ferai toujours pour les malheureux. Oui, je l'ai consolé, je l'ai encouragé ; oui, j'ai sollicité pour lui le parquet, j'ai porté à Lille quelques-uns de ses registres, j'y ai transporté M. Petit et moi-même ; oui, je lui ai témoigné de l'intérêt, je pouvais faire cela sans trahir mon mandat ; il est des gens qui ne comprennent pas qu'on puisse faire son devoir sans être cruel envers un accusé ou un coupable ; je pense tout autrement.

Et ne croyez pas qu'un intérêt d'ancienne affection m'ait rendu favorable au failli ; je le connaissais à peine avant sa faillite, jamais je n'avais eu avec lui la moindre relation d'affaires, mais j'avais ouï parler de sa probité, j'avais ouï dire qu'il avait laissé à ses créanciers jusqu'à son dernier écu.

Ses registres ne contredisaient point l'opinion publique à cet égard, j'ai cru à sa bonne foi, j'ai écarté de mon esprit le souvenir d'une perte notable qu'il avait causée à plusieurs membres de ma famille (1), je l'ai traité favorablement ; vous ne m'aviez point déféré l'office de bourreau.

Voilà donc à quoi se réduit l'accusation de partialité élevée contre moi ; s'il y a autre chose qu'on ait le courage de le dire : je prêche d'exemple, je ne ménage pas ceux que j'attaque.

(1) Par la vente que je leur ai faite d'un certain nombre d'actions des compagnies commerciales d'Anvers dont j'étais agent général.

FIN.



IMPRIMÉ CHEZ PAUL RENOUARD,
rue Garancière n. 5.

www.ingramcontent.com/pod-product-compliance
Ingram Content Group UK Ltd.
Pitfield, Milton Keynes, MK11 3LW, UK
UKHW020243220726
13923UKWH00002B/795

9 782019 242824